U0083813

# 古典詩歌研究彙刊

## 第八輯

龔鵬程 主編

### 第 9 冊

唐詩中月神話運用之研究

李艷梅 著

國家圖書館出版品預行編目資料

唐詩中月神話運用之研究／李艷梅 著 — 初版 — 台北縣永和
市：花木蘭文化出版社，2010〔民 99〕
目 2+134 面；17×24 公分
（古典詩歌研究彙刊 第八輯；第 9 冊）
ISBN　978-986-254-317-7（精裝）
1. 唐詩　2. 中國神話　3. 詩評
820.9104　　　　　　　　　　　　　　　　99016396

ISBN - 978-986-2543-17-7

9 789862 543177

古典詩歌研究彙刊
第八輯　第 九 冊　　　　　　ISBN：978-986-254-317-7

唐詩中月神話運用之研究

作　　者　李艷梅
主　　編　龔鵬程
總 編 輯　杜潔祥
出　　版　花木蘭文化出版社
發 行 所　花木蘭文化出版社
發 行 人　高小娟
聯絡地址　台北縣永和市中正路五九五號七樓之三
　　　　　電話：02-2923-1455／傳眞：02-2923-1452
網　　址　http://www.huamulan.tw 信箱 sut81518@ms59.hinet.net
印　　刷　普羅文化出版廣告事業
初　　版　2010 年 9 月
定　　價　第八輯 20 冊（精裝）新台幣 28,000 元

# 唐詩中月神話運用之研究

李艷梅 著

## 作者簡介

李艷梅，台灣省苗栗縣人。私立輔仁大學中文研究所碩士與博士。曾任教於輔仁大學語言中心，兼任清華大學教師、台北師院暑期班教師與空大教師。現專任於南華大學文學系所。學術專長為古典詩詞、古典小說、紅學研究與性別研究等，並發表十數篇研究論文與執行國科會與教育部優質課程等計畫。碩士論文《唐詩中月神話運用之研究》與博士論文《〈三國演義〉與〈紅樓夢〉的性別文化初探——以男義女情為核心的考察》即將出版。

## 提　要

　　神話與詩關係的探究，已是中外學者關注與肯定的論題。它的重要性在於詩與神話象徵語言的相通，及神話廣泛成為詩人的創作素材；在詩人的運用下，神話象徵意義也有了轉化與多樣的呈現。在中國的詩歌傳統裡，「月」是其中出現頻繁的意象，在此意象的涵括面中，月神話是一特殊表現的素材。因此，本論文即以中國古典詩的代表——唐詩中，運用月神話——嫦娥、蟾蜍、月兔、月桂的作品為研究範圍。以宏觀的角度，分別自唐詩中月神話運用的心理背景和運用的方式為大探究方向，同時亦剖析月神話於唐詩中的內在流動變化，並從中管窺詩與神話的關係。

　　全文約十萬字，共分五章。

　　第一章「緒論」，陳述研究動機、範圍與方法。

　　第二章「唐以前之月神話」，以文化人類學及容格心理學派的觀點，敘述月神話內容的演變及早期神話象徵意義。觀察唐以前詩人運用月神話的心理與方式。綜此，以作為唐詩中月神話意義的流動轉化，及唐詩人如何多角度運用月神話的比較基點。

　　第三章「唐詩中月神話運用心理之考察」，歸納出唐詩中月神話運用的五類心理背景：寄寓思念離情、感懷時間生命、譏諷政治官廷、表陳功名欲求及抒發月神話感懷等。此中除了人間情意、人類潛意識的再激發並主觀玄想因素的運用背景外，還呈現了月神話所依附的政治、社會人文背景。

　　第四章「唐詩中月神話運用之方式」，總括為題材性質及技巧性質之運用兩大類。在題材性質之運用方面，又分為全詩之題材及詩部分之題材兩項分析；在技巧性質之運用方面，則分為借代、比喻、象徵三技巧。由中以見出唐詩人擇取月神話的方式類別，及月神話在唐詩中的象徵意義。

　　第五章「結論」，綜述前文所見，並比較月神話早期象徵與在唐朝中的象徵意義，突顯月神話象徵意義的解消與轉化，以「唐詩與月神話事實上呈現一相互孳乳的關係」作結。

目

次

# 第一章　緒　論

## 第一節　研究動機

　　本論文的寫作動機可分別就神話與詩、唐詩之研究概況及月神話三方面說明。

### 壹、就神話與詩而言

　　神話是人類文學藝術發展的童年，也是上古初民內在意念的象徵表現〔註1〕。它所涵蓋質樸而豐富的情感及象徵語言的特質，常是後人創作汲取的泉源和運用的素材。

　　神話與文學，尤其是詩的關係，西方學者已有不同派別發展出豐富的成果〔註2〕。由於目前國內有關神話的研究在起步階段，注意此二範疇關係及重要性之文章，並不多見，主要有三篇：一是王孝廉的「神話與詩」〔註3〕，論及中國神話的流動變化及它與文學，特別是詩的關係，頗為精闢扼要，其中所取詩例則多以唐以前的作品為主；

---

〔註1〕參見樂蘅軍「原始變形神話試探」一文，收於陳慧樺等著《從比較神話到文學》，頁173。
〔註2〕參閱李達三「文學與神話」一文，有簡明的介紹。收於氏著《比較文學研究之新方向》。
〔註3〕該文收於王孝廉著《中國的神話與傳說》。

二是黃永武的「詩與神話」〔註4〕，以唐朝三位詩人——李白、李賀、李商隱詩中的神話典故運用，作爲研究對象，將詩中神話運用作一實際的說明與賞析；三是陳慧樺的「從神話觀點看現代」〔註5〕，就幾首運用神話的現代詩，作一討論。這三篇短文，爲神話與詩、詩中神話運用的相關研究，有了一個很好的開端，也激發筆者欲在這方面探索的興趣。

## 貳、就唐詩之研究概況而言

　　唐朝是中國詩歌發展史上，最璀璨光華的黃金時期，詩體格律形式及文學技巧，都達到純熟的階段，唐人的種種感情及對周遭人文環境的刺激，亦大多藉由「詩」來表陳，這也是中國古典詩的代表時期。前人著力於此，有就個別詩家研究探析的；有就唐朝社會政治環境，作一文學外緣研究的；亦有就唐詩風格、技巧、或是美學上的藝術效果，作一內在研究的；其目的均無非是期使能更多角度地呈現唐詩之風貌。然而，此中卻少見就詩中運用的素材，作一綜觀研究的。雖然，已知中國詩乃屬一抒情傳統，但其表現，則仍需透過物、景素材的運用來完成。是以，筆者欲就唐詩中，本身即具意涵的神話運用作一探析，而焦點則放在與中國人有特殊感情的月神話上。

## 參、就月神話而言

　　由於我國是傳統的農耕民族，農耕民族信仰的多半是大地、月，此等溫柔的母神，尤其是月，因其圓缺、形態變化卻不亡的情形，早已被視爲具有不死和再生的力量。再加上中國人偏好和平、澹泊的特性，無形中，已與陰柔之美的月，產生了密不可分的情感。有關月的神話，則更是普遍地流傳在人們心中，也成爲文學作品運用的對象。

　　是以，能就月神話內容及它的神話象徵意義，及其在詩中的運用

〔註 4〕該文收於黃永武著《詩與美》。
〔註 5〕該文收於陳慧樺等著《從比較神話到文學》。

作一觀察，是相當有意義，且有趣的課題。就月神話本身而言，近人袁珂在這方面頗有建樹，他較晚的一篇「嫦娥奔月神話初探」〔註6〕，將有關嫦娥資料，作一整理和推求，採取的解析方式是依附於羿神話來考察的角度。就這方面，筆者以為：嫦娥神話由最早的常羲神話演變而來，早先的情節是其吞不死藥而奔月為月精，已為一完整獨立的敘述，而後方才與射日的羿神話結合，此有其結合的背景，而月神話意義則可獨立考察。為了解月神話本身的意義及發展，筆者欲嘗試就此作一釐清的工作，以期能明白區分月神話原有的面貌與意義。

綜合上述動機，筆者即在透過「唐詩中月神話運用之研究」，了解唐詩人運用月神話入詩之背景因素及方式，並剖析月神話轉入詩中的內在流動變化，藉以從中管窺詩與神話的關係。

## 第二節　研究範圍與方法

### 壹、研究範圍

本論文乃以月神話的主要構成物——嫦娥、蟾蜍、月兔、月桂為探究範圍，也就是凡出現此神話素材（mythic elements）的唐詩，均列為觀察對象。

而唐詩則主要採用了清康熙42年（西元1703年）所輯刊的御定全唐詩。此編共九百卷，收二千二百餘家詩凡四萬八千九百餘首，國內有數家出版社刊行，本文採用的是文史哲出版社1978年出版，定名為《全唐詩》十二冊者。此外，另有木鐸出版社1983年刊行的《全唐詩外編》一冊，這本書滙集了王重民的《補全唐詩》、《敦煌唐人詩集殘卷》、孫望的《全唐詩補逸》、童養年的《全唐詩續補遺》等書，使唐詩資料更為完備。故此，以《全唐詩》十二冊並《全唐詩外編》一冊共十三冊書為底本，輯錄了運用月神話之詩凡三百六十七首。在

〔註 6〕該文收於袁珂著《神話論文集》。

本文所論之詩引處，將註明卷數和頁數。

## 貳、研究方法

　　由於月神話本身即具意義，故特立一章探討。涵蓋了內容、意義及唐以前詩人的運用。就月神話的內容及象徵意義方面，乃融滙了古籍記載及地下出土資料，主要以文化人類學的解析角度及容格心理學派觀點，加以說明。

　　而就唐詩中月神話的運用而言，為免處理方法流於零散，及圈囿在月神話素材意義上打轉，所易造成的呆板與枯燥，故而採取宏觀的角度，作一現象的歸納分析。此共兩章，分別就詩中月神話運用之心理背景及運用之方式來談，而從中歸結出月神話的意義。此中，並不作詩人個別差異性的探討，若涉及詩人個別因素（如政治遭遇），則歸入此分類大項中說明。本論文以宏觀角度作為觀察重點的研究方法，無法周延地顧及月神話本身要素的組合情形，及與其他素材的配合情形，此乃在研究過程中，所不得不有的限制。

# 第二章　唐以前之月神話

　　中國早期神話內容的流衍傳佈，可透過口耳相傳與圖繪的方式，而在文字產生之後，則多半藉由文人史家的筆記錄下來，在這段神話「歷史性」發展中，神話本身已無可避免地增添了附會的解釋和部份的人文精神。是以，爲全面觀察月神話內容的流動變化，敍述其中的演變過程自有其必要性。而若探求月神話本身的象徵意義，則得儘可能地回到「當下的神話質性」去了解，擺脫記錄者的個人色彩，而求其普遍性意義〔註1〕。除此，唐以前詩中月神話的運用情形，也是在進入唐詩中月神話的探討前，所必須先加以說明呈現的一個論題。因此，本章卽以月神話之內容演變、象徵意義及其在漢魏六朝詩中的運用三部份爲重點。

## 第一節　月神話之內容演變

　　月神話之內容主要分兩類：一類是以嫦娥奔月故事爲主的神話，一類則是因月之盈虧及月中陰影而衍生的月中之物的神話。現則分別爲先秦到兩漢及魏晉南北朝這兩個階段探求，以明其演變之迹。

---

〔註1〕參見卡西勒（Ernst Cassirer）著，劉述先譯《論人》，頁91。

## 壹、先秦到兩漢時期

就「嫦娥奔月」神話子題而言，這個時期的相關記載有：

（一）有女子方浴月。帝俊妻常羲，生月十有二，此始浴之。——戰國‧《山海經》大荒西經〔註2〕

（二）昔常娥以西王母不死之藥服之，遂奔月爲月精。——戰國‧《歸藏》〔註3〕

（三）羿請不死之藥於西王母。姮娥竊以奔月。悵然有喪，無以續之。——西漢劉安‧《淮南子》覽冥訓〔註4〕

姮娥羿妻，羿請不死之藥於西王母，未及服之，姮娥盜食之，得仙奔入月中爲月精。——東漢高誘注《淮南子》覽冥訓

（四）羿請不死之藥于西王母，姮娥竊之以奔月，將往，枚筮之于有黃，有黃占之，曰：「吉。翩翩歸妹，獨江西行，逢天晦芒，毋驚毋恐，後且大昌。」姮娥遂託身于月，是爲蟾蠩。——東漢張衡‧《靈憲》〔註5〕

〔註2〕 關於《山海經》成書年代，歷來討論者甚眾，在此擇取近人袁珂「山海經寫作的時地及篇目考」文中之見。據其考證，《山海經》一書中，以大荒經四篇和海內經一篇成書最早，大約在戰國初年或中葉；五藏山經和海外經四篇稍遲，是戰國中葉以後的作品；海內經四篇最遲，當成於漢代初年。該文收錄於氏著《神話論文集》一書。

〔註3〕 按《歸藏》的成書約於戰國初年到中葉，今已亡佚。此段記載見《文選》祭顏光祿文李善注中所引。另在南朝梁劉勰的《文心雕龍》諸子篇中亦云：「歸藏之經，大明迂怪，乃稱羿斃十日，姮娥奔月。」可互證之。

〔註4〕 唐徐堅等所編之類書《初學記》卷一中引《淮南子》正文爲：「羿請不死之藥於西王母，羿妻姮娥竊之奔月，託身於月，是爲蟾蠩，而爲月精。」較通行本《淮南子》多了「妻」及「是爲蟾蠩」。「蠩」即「蜍」。

〔註5〕 按《靈憲》一書已亡佚，此段文字乃節錄自清嚴可均編《全上古三代秦漢三國六朝文》之《後漢文》中，靈憲文之片段，在此以前之類書《藝文類聚》卷一已載：「張衡靈憲曰：月者，陰精之宗，積而成獸，象蟾兔。又曰：姮娥奔月，是爲蟾蜍。」而《太平御覽》卷四亦載：「張衡靈憲曰：羿請不死藥於西王母，羿妻姮娥竊以奔月，

第一則大荒西經所記載的「生月」「浴月」之「常羲」，按清郝懿行的疏云：

> 《史記》五常紀云：「帝嚳娶娵氏女」，索隱引皇甫謐云：「女名常儀也」，今案常儀卽常羲。羲儀聲近。

另《呂氏春秋》勿躬篇則載：

> 尚儀作占月。

清畢沅注曰：

> 尚儀卽常儀，古讀儀爲何，後世遂有嫦娥之鄙言。

近人郭沫若對此亦補充說明：

> 古義、羲、儀均讀我音，同在歌部，京、常同在陽部。〔註6〕

由上可見，「常羲」與「常娥」，所指爲一。而後卽自「生月」、「浴月」之較原始的神話，演變爲「嫦娥奔月」的神話。〔註7〕

到了時間較大荒西經爲晚的《歸藏》時，便記錄了「奔月」的情節，而其奔月的憑藉是：服了西王母之不死藥。

有關西王母的相關故事記載遍佈典籍資料中，如《爾雅》釋地、《山海經》、《莊子》、《尚書大傳》、《大戴禮記》、《淮南子》、《論衡》、《列子》等書均有載錄。但「西王母」究竟是神名？國名？王名或部族名？目前卻尚未有定論〔註8〕。在我國神話傳說中，西王母的內涵象徵很特殊，它沒有創世色彩，也不是因自然崇拜或文明開創所產生

---

託身於月，是爲蟾蜍。」由於此很可能爲節錄之文，因此，到了清嚴可均，除《藝文類聚》及《太平御覽》外，又廣輯《續漢天文志》上注、《開元占經》一、又五、又六十四、《左傳》序正義又桓三年正義、《史記》天官書正義、《初學記》八及《廣韻》二十，而成今所見之文。因此，自袁珂以來研究嫦娥奔月的學者，均以清嚴可均輯張衡靈憲文爲本，今亦依此輯本。

〔註6〕轉引自楊寬著《中國上古史導論》頁 234 中郭氏之語。楊氏之書乃收錄於《古史辨》七冊上編。

〔註7〕袁珂以爲大荒西經的這則神話，其後的演變有二：一爲從神話到神話的「嫦娥奔月」，另一則爲由神話到歷史的「尚儀占月」。參見氏著《神話論文集》，頁 145。

〔註8〕參見凌純聲「崑崙丘與西王母」，《民族學研究所集刊》第二十二期。

的神話。在西王母神話裡，主要表達的是人們心靈深處的理想世界，勾勒出人類生活樂園的藍圖，並提供脫離生老病死桎梏及永生不死的保證。它的創作主體即環繞在樂園追尋的意識上。《山海經》大荒西經有關於西王母的詳細記載：

> 西海之南，流沙之濱，赤水之後，黑水之前，有大山，名曰昆侖之丘。有神人面虎身，有文，有尾，皆白。處之，其下有弱水之淵環之，其外有炎火之山，投物輒然。有人戴勝，虎齒，有豹尾，穴處，名曰西王母，此山萬物盡有。

西山經亦云：

> 崑崙之丘……又西三百五十里曰玉山，是西王母所居也。西王母其狀如人，豹尾，虎齒而善嘯，蓬髮戴勝。是司天之厲及五殘。

在神話的早期，可知西王母呈現了半人半獸的神人面貌，它擁有天之災厲及五刑殘殺的權力，而更重要的是，其所居之地，為萬物盡有的崑崙。此處還有人們夢寐以求的不死藥。《山海經》海內西經云：

> 開朗（即昆侖）北有視肉、珠樹、文玉樹、玕琪樹、不死樹。〔註9〕
>
> 開明東有巫彭、巫抵、巫陽、巫履、巫凡、巫相、夾窫窳之尸，皆操不死之藥以距之。

《文選》思玄賦李善注中，亦曾引此經云：

> 崑崙開明北有不死樹，食之長壽。

漢高誘在注《呂氏春秋》本味篇中的：「菜之美者，壽木之華」亦云：

> 壽木，崑崙山上木也；華，實也；食其實者不死，故曰壽木。

西王母神話所涵括的種種，滿足了人們尋求不死、安樂的心理需求。它爾後的發展，則逐漸剝落神話的色彩。六朝時期，西王母即已脫胎成為仙道人物了〔註10〕。

---

〔註 9〕《列子》湯問篇亦載：「珠玕之樹皆叢生，華實皆有滋味，食之皆不老不死。」

〔註10〕到了戰國末年的《穆天子傳》時，西王母的神話已發生了變化，成為氣象雍容的神王。而到了六朝，託名班固作的《漢武故事》中，

　　這一則《歸藏》所記之月神話，結合了西王母及它所擁有的不死藥並常娥，而說明常娥成爲月中女神的原因。比較生月浴月的「常羲」有了更進一步的演化，徵之當時的文化背景，可知有深切的關係。由於早在戰國時期前後，仙人不死的傳說便已流傳於燕齊濱海之間，神仙思想也日益趨於鼎盛〔註11〕。《左傳》昭公二十年：

> 齊景公問晏子曰：「古而無死，其樂若何？」晏子對曰：「古
> 而無死，則古之樂也，君何得焉？昔爽鳩氏始居此地，季
> 萴因之，有逢伯陵因之，蒲姑氏因之，而後有大公因之。
> 古若無死，爽鳩氏之樂，非君所願也。」

即說明了求不死，是人們心中歷來想望之一大樂事，帝王尤其更甚。故而，名巫方士便因應這樣的需要而產生，也由此造作了許多有關服食仙藥及仙人、仙山的傳說。自然，如此的仙道傳說是不同於神話性質的〔註12〕。由於當時求仙思想的盛行，於是，便也使原是神話人物的西王母和不死藥，都沾染了些許的「仙氣」，而滙入月神「常羲」的神話中。

　　到了漢初劉安《淮南子》的覽冥訓，記錄的「嫦娥奔月」神話，進入了第二次的演化，除了保有原先粗略的架構外，另加入了上古射日的「羿」神話。

　　有關「羿」的特色、事蹟，先秦時，有兩類不同的傳載：一類是以神話形態，一類是以歷史形態。上古時期的神話人物，會同時兼具歷史的色彩，主要是商與西周時代神話的歷史化的一個現象〔註13〕。

---

　　　　西王母已經變成了西方的一個「王母」；同樣託名班固作的《漢武帝
　　　　內傳》，西王母已變成了年三十許而容貌絕世的群仙領袖了。西王母
　　　　原始神話的色彩，便這樣逐漸脫去，而染上了濃厚的仙道色彩。
〔註11〕參見李豐楙「不死的探求——道教信仰的介紹與分析」，此文收錄於
　　　　《中國文化新論——宗教禮俗篇》，頁191。
〔註12〕神話與仙話有思想實質上的區別。仙話的主要特質是宣傳戰國後的
　　　　神仙思想，稍後還宣傳了漢以後的道教思想，主要是講求摒除穀食，
　　　　修心養性，或以個人享受、利己主義爲前提。此參見譚達先著《中
　　　　國神話研究》，頁29。
〔註13〕依張光直之言：「絕大多數研究中國古代神話的學者都同意：古代中

故而，對羿的了解，則專從彼時與羿有關的神話素材著眼，至於神話中的羿與夏史中的羿，其間演化的複雜關係，便不在討論之列。〔註14〕

根據《山海經》海內西經云：

> 帝俊賜羿彤弓素矰，以扶下國，羿是始去恤下地之百艱。

此「帝俊」卽是高祖夋、帝嚳、帝舜，是殷民族的上帝〔註15〕，而羿則爲祂的屬神，其接受了帝俊所賜的「彤弓素矰」來到人間，擔負起地上除艱的任務。另又依《楚辭》天問中所記：

> 羿焉彈日？烏焉解羽？（彈卽「射」之義。烏，據《山海經》大
> 荒東經云「一日方至，一日方出，皆載于烏。」）

可知羿還爲百姓除掉日曝焦枯之害，由於上古時，人們面對著酷熱乾旱的天氣，故而便以其神話想像的能力〔註16〕，創造了「天生十日」的說法〔註17〕，而羿則以善射之能，爲人們除此害。漢初《淮南子》本經篇亦傳錄了這段神話：

> 逮至堯之時，十日竝出，焦禾稼，殺草木，而民無所食。
> 猰貐、鑿齒、九嬰、大風、封豨脩蛇，皆爲民害。堯乃使
> 羿誅鑿齒於疇華之野，殺九嬰於凶水之上，繳大風於青邱
> 之澤。上射十日，而下殺猰貐，斷脩蛇於洞庭，禽封豨於

---

國神話之少，與在這甚少的資料中先祖英雄故事之多，主要的原因是商與西周時代神話的歷史化；而神話歷史化的原因：一是東周與漢儒家有意識地將玄秘神話加以合理化之解釋。二是春秋末年以至戰國時代人文主義與文藝復興潮流下的必然趨勢。」此見氏著《中國青銅時代》，頁321。

〔註14〕先秦歷史傳說中的后羿是夏朝太康時代的有窮國國君。然而，在古籍記載裡，有窮后羿的事蹟和神話中射日的羿的事蹟卻常混淆不清，日本神話學家白川靜則以爲，雖然是以歷史故事的型態出現，其本質仍是神話。參見氏著，王孝廉譯《中國神話》，頁100。

〔註15〕參同註6，頁366。

〔註16〕神話想像的產生，主要奠基於人類現實的生活環境及人與自然間的關係，它的創生源頭和內容表現都有具體的自然物力（如日月蝕、地震、水災等）有一聯結。關於此，請參閱秦家華「論神話的想像」，《思想戰線》1987年第二期。

〔註17〕關於「十日」之研究，可參閱管東貴的「中國古代十日神話之研究」，載於陳慧樺等著《從比較神話到文學》。

桑林，萬民皆喜，置堯以爲天子。〔註18〕

此《淮南子》所載的羿神話，除了把羿歸入堯之臣，因受堯命除害，而使萬民推堯爲天子，有些增強附會堯爲古聖王之說外，其餘都將羿除日害、除地艱事蹟，作了詳盡的說明。羿射九日與夸父逐日一般，均是與日有關的神話。

在《淮南子》這段記述羿請藥而姮娥竊藥奔月的資料中，「姮娥」原應作「恒娥」。陳其榮補訂、孫馮翼輯的《世本》中，即載有「恒羲作占月」的字樣，後爲避當時漢文帝「劉恒」的諱，才改作「姮娥」。恆、常，爲同一義，因此，「恒娥」、「姮娥」也就是「常娥」或「嫦娥」。

由早先《歸藏》的記載：「昔常娥以西王母不死之藥服之，遂奔月爲月精。」而演爲《淮南子》的：「羿請不死之藥於西王母。姮娥竊以奔月。悵然有喪，無以續之。」此中有兩個很值得注意的現象：一是這個神話由原先的以常娥爲主體服藥奔月，轉而爲以羿爲主體。二是這個神話在《淮南子》的載錄中，用的是羿「請」不死藥，而姮娥「竊」以奔月，這兩種不同的字眼。此處記述方式的轉變，反映了兩點事實：

## 一、由母系社會過渡到父系社會的痕迹

在我國的上古時期，是一個只知有母而不知有父的母系社會。《詩經》大雅「生民」云：

厥初生民，時維姜嫄……，履帝武敏歆，攸介攸止，載震載夙，載生載育，時維后稷。

《莊子》盜跖篇亦云：

神農之世……，民知其母，不知其父，與麋鹿共處。

---

〔註18〕東漢王充《論衡》說日篇及對作篇所引《淮南子》中有關此段之內容爲「堯上射十日」「堯上射九日」，所見可能是當時另外所傳的本子，與今本所傳之《淮南子》不同。另「堯之時」的羿，也已帶有歷史的傾向了。

直到周朝人文體制建立完整之後，才漸漸進入以父系爲主、「夫爲婦綱」的社會。由周朝成書的一些資料記錄顯示，在當時人潛藏著的觀念中，還往往保留了一些早期母系社會的痕迹，如子從母姓、舅權特重及夫從婦居等〔註19〕。到了秦漢以後，因父系社會形態而建立的體系和觀念，便日益穩固。由早期先秦《歸藏》的「昔常娥……奔月爲月精」，甚至更早的「常羲生月浴月」，到漢《淮南子》的「羿請不死之藥……姮娥竊以奔月。（羿）悵然有喪，無以續之」，此描寫重心的轉移，便是這個現象的最好說明。

## 二、封建傳統下的表徵

周朝的封建制度雖曾因社會的動盪而導致崩潰，但在秦漢以後，由於君權專制與宗法組織的結合，故仍延續著周朝以來的「封建文化」〔註20〕。正由於這樣的封建傳統，因此，在男尊女卑的意識下，便出現了羿「請」而姮娥卻「竊」的字眼。到了東漢末高誘注《淮南子》：

姮娥羿妻，羿請不死之藥於西王母，未及服之，姮娥盜食之，得仙奔入月中爲月精。

更是以姮娥「盜」食之，此強烈的字眼來加強這樣的意識。不過，高誘注中爲姮娥與羿所界定的夫妻關係，卻頗爲後世人所接受。

到了東漢中葉張衡的《靈憲》，所錄的「嫦娥奔月」有了第三次的演化。除了故事架構本《淮南子》之內容外，還加入了兩段情節：一是常娥在奔月前去占卦，二是常娥奔月之後變爲蟾蜍。

關於「枚筮」之事，據秦嘉謨輯補《世本》曰：

巫咸作筮。〔註21〕

又《初學記》政理部「卜八」類下注引《歸藏》曰：

昔者河伯筮與洛戰而枚占，昆吾占之不吉也。

---

〔註19〕參見李宗侗著《中國古代社會史》，頁74。
〔註20〕此「封建文化」參見陳安仁著《歷史專題研究論叢》中，「周代之社會形態與文化形態」及「秦代之社會形態與文化形態」二文。頁121～143；頁158～164。
〔註21〕此亦見於《周禮》大宗伯，《初學記》政理部，及《玉海》135。

可知「有黃」約似「巫咸」一類的人物，專為人筮卦以測吉凶。近人袁珂對此《靈憲》所載的內容，贊同清嚴可均之看法，以為是《歸藏》之文，便是從筮卦內容相似著眼〔註22〕。然事實上，筮卦占卜從上古以來，便是一項從未間斷，人們用以了解未來，測判吉凶的主要活動之一，到了附會天象災異、陰陽之說的讖緯之風盛行後，對此更為重視。因此，《靈憲》的這段「筮卦」文字，很可能就是在這樣依續的背景下，添加進去的，至於其是否為《歸藏》之文，在無引文的直接證據及後代類書並無收錄的情形下，只能姑且存而不論。

至於常娥奔月後化為蟾蜍之事，則可以地下出土資料互參證之。根據湖南長沙馬王堆一號漢墓中出土，距今約兩千一百多年的西漢帛畫中的「常娥奔月」（附圖（1）），可見圖中月牙上有一隻青色的大蟾蜍，頭向上方而望，月下一女子則正臨空御風地向月飛去，並看不出常娥「化」為蟾蜍的情節。而且在圖中，這隻明顯而強調式的大蟾蜍，是早已在月中的了，常娥只是後來者而已。另據當時其他漢代的畫像石，亦均繪成如此景象。因此，我們或可大膽推測，在東漢張衡之前，「月中有蟾蜍」較「常娥化為蟾蜍」之說更為流行。除此，就《靈憲》所載以服不死藥為前提，而後轉化為蟾蜍的神話情節而言，此變形神話具有一種辯證的涵義，樂蘅軍在「中國原始變形神話試探」一文中即言：

> 所謂「不死藥」這段設詞，正表露著對生命是否死亡的一種濃厚的辯證意味。當我們對於一件事物，一旦需要辯證的時候，也就是表示它不再是一個絕對的存在。〔註23〕

嫦娥吞藥奔月變形為蟾蜍，即是對「不死」假設的一種證明。如此形式的變形神話，如樂氏所言，是「已經處古代神話的尾聲」了。

就「月中之物」的神話子題而言，依質性主要可分動物和植物兩類。在動物方面，先秦到兩漢時期有以下幾則資料記載：

---

〔註22〕參同註7，頁134。
〔註23〕參見陳慧樺等著《從比較神話到文學》書中樂氏之文，頁180。

（一）夜光何德？死則又育。厥利維何？而顧菟在腹。——戰國
屈原·《楚辭》天問篇

（二）日中有踆烏，而月中有蟾蜍。——西漢劉安·《淮南子》
精神訓

（三）月照天下而蝕於蟾蜍。——西漢劉安·《淮南子》說林訓

（四）日爲德而君于天下，辱於三足之烏；月爲刑而相佐，見食
於蝦蟆。——西漢司馬遷·《史記》龜策列傳第六十八

（五）月中有兎與蟾蟪何？兎、陰也，蟾蟪、陽也，而與兎並明，
陰係於陽也。——西漢劉向·《五經通義》（註24）

（六）月者，陰精之宗，積而成獸，象兎蛤焉。——東漢張衡·
《靈憲》

（七）儒者曰：日中有三足烏，月中有兎蟾蜍。——東漢王充·
《論衡》說日篇

（八）麒麟鬪而日月蝕。——西漢劉安·《淮南子》天文訓

先秦時期的月中之物神話，僅有的記載是《楚辭》天問篇的：
夜光何德？死則又育。厥利維何？而顧菟在腹。
此中的「顧菟」一詞，爭議頗多，主要歸納爲三種解釋：

# 一、以爲「顧菟」卽是「顧兎」

此說主要由王逸、朱熹、洪興祖及蘇雪林提出。王逸的《楚辭章
句》注此爲「顧望之兎」，洪興祖則補注爲「菟與兎同」。而朱熹的《楚
辭辯證》則云：

「顧菟在腹」此言兎在月中，則顧菟但爲兎之名號耳。而
上官桀曰：「逐麋之犬，當顧菟邪？」則顧當爲瞻顧之義，

---

〔註24〕按《五經通義》一書，原不題作者名，直到新舊《唐書》才題「劉
向撰」，原書已佚，重編《說郛》卷五及王謨《漢魏遺書鈔》及馬國
翰《玉函山房輯佚書》均有收錄此書。此段文字見《初學記》卷一
所引，與《玉函山房輯佚書》所收錄之內容不同，其爲「月，陰也，
蟾蜍，陽也……。」

而非兔名。又莊辛曰：「見菟而顧犬」亦因菟用顧字，而
其取義又異，蓋不可曉。

另外，清毛奇齡的《天問補註》，則引了梁簡文帝「水月詩」中的「非
關顧兔沒」及隋袁慶「月夜詩」中的「顧菟始馳光」來說明「顧菟」
即是「顧兔」。蘇雪林亦以爲「顧菟」或者是一種兔子的特稱，而今
失其義，但仍應「置之存疑，以待再考」〔註25〕。總的說來，「顧菟」
爲「顧兔」是自東漢王逸一千多年以來，較傳統性的看法。

## 二、以爲「顧菟」是「蟾蜍」

這是近人聞一多在其「天問釋天」一文中，所提推翻前人的說法
〔註26〕。他提出了十一項理由來證明他的觀點，主要是從一物異名、
語音之轉、漢代圖畫資料、及互證西漢文籍中的「蟾、兔」及「蚌蛤」
等四個角度作推論。並依時間先後和資料記載的不同云：

考月中陰影，古者傳說不一。天問而外，先秦之說，無足
徵焉。其在兩漢，則言蟾蜍者莫早於淮南……驗之漢代諸
書，蟾蜍最先而兔最後，屈子生當漢前，是天問之「顧菟」
必謂蟾蜍，不謂兔也。〔註27〕

聞一多之說，近人袁珂亦表贊同。

## 三、以爲「顧菟」即「於菟」即爲「虎」

這是目前較新的解釋。臺師靜農在《楚辭天問新箋》中以爲：

「顧菟」爲菟，此爲楚語，猶之楚人謂虎「於菟」也。月
中有菟之神話，至今猶流行民間，其源即出於天問。〔註28〕

此說以地方方言爲由，保存「菟」本身的字義。而後隨著1977年九
月，湖北省隨縣曾侯乙墓的被發現，「顧菟」爲「虎」義的說法有了
更確切的證明。

---

〔註25〕參見蘇雪林著《天問正簡》，頁93。
〔註26〕聞氏此文收於氏著《古典新義》。
〔註27〕同上註，頁330～331。
〔註28〕臺師靜農著《楚辭天問新箋》，頁11。

　　隨縣曾侯乙墓的年代約西元前 433 年，或者稍後的戰國初期，而當時曾侯乙所在的曾國，早已是楚的附庸。其所遺留下來的文物，便見染有相當濃厚的楚文化色彩〔註 29〕。這次由其中出土的衣箱畫中，可得繪於桑神樹上與日之烏鳥相對的頭似虎、而身足尾卻似兔的「獸形」（附圖 (2)）。這個「獸形」為「顧菟」即「虎」義之解，提供一極有力的補充說明。近人湯炳正以「菟」地域性文字最早的演化，及出現在曾侯乙墓中衣箱畫上，虎兔合體的獸形為基礎；結合了郭德維「把月中陰影說成是兔的神話傳說……當起源於中原地域」之見〔註 30〕，而從「厥利維何」一句推論〔註 31〕，來證明「顧菟」即是「於菟」，亦即是「虎」義的解釋。他以為此「虎頭兔尾」之獸形，恰是楚文化與中原文化融合特徵的表現：

> 從這次出土的大批文物來看，既有中原文化特徵，也有楚文化特徵。因此，中原各國月中有兔的神話，跟楚國月中有虎的神話，當時或曾並行於隨國，而且互相混淆。故在箱畫上的形象，竟把兩個神話融為一體，而出現了虎頭兔尾的怪物，這是不足為奇的。〔註 32〕

綜觀以上三種解釋，雖看似均言之成理，但就立論之根據言，實以第三種解釋較為直接有力。且依文獻資料所記，《左傳》宣公四年已載：

> 楚人……謂虎於菟。

〔註 29〕曾侯乙墓是位于湖北隨縣縣城西北約三公里，叫「擂鼓墩」的地方，被發現後，即於次年進行出土文物的研究，關於其專論，參閱《文物》1979 年第七期。

〔註 30〕郭德維「曾侯乙墓中漆箱上日、月和伏義女媧圖像試釋」，《江漢考古》1981 年第一期。

〔註 31〕湯炳正以為：就「厥利維何」一句而言，「天問」另一處亦有「厥利維何？逢彼白雉」之句，都是從利害角度提出問題的，且屈原亦曾以「虎狼之國」來稱秦，以喻其為害之本質，所以，月之虧缺是由於其中有「虎」，方才會引起屈原的詰問。參見氏著《屈賦新探》中之「天問『顧菟在腹』別解」一文。

〔註 32〕同上註，頁 269。另何新著《諸神的起源》中之「虎神與玉兔」一文亦有相同的主張。

此中「於」與「顧菟」之「顧」只有深淺喉的差別，古韻都在「魚部」，且又爲一音之轉。考「於菟」在古籍中的異文很多，如在《方言》卷八卽云：

> 虎……江淮南楚之間謂之李耳，或謂之於菟。

而大徐本的《說文》亦記作：

> 虪，楚人謂虎爲烏虪。从虎，兔聲，同都切。

因此，「虎」在南方語系楚聲中，是讀爲「於菟」、「於虪」或「烏虪」的。

所以，就「顧菟」一詞在天問篇中的立問，當指彼時流行於楚地之「月中有虎」神話而言，並非「兔」，亦非聞一多以爲的「蟾蜍」。再者，聞氏之說，雖舉證範圍廣，卻並非全然可信，近代學者亦針對其說而多所批判〔註33〕，且其亦自言：

> 諸所引證，要爲直接者寡，而間接之中又有間接焉。〔註34〕

實不若湯氏之說：「顧菟」卽「於菟」卽「虎」義的論證較具說服力。至於，自秦漢以後，古籍中不見有「月中有虎」的神話記載，最主要的原因，卽在本字「虪」原就是地域性方言的關係，如此的語言限制，常會隨著時空而有所轉變。因爲，根據《方言》所載之「虎……江淮南楚之間……謂之於虪」，到了晉郭璞注《方言》時，則僅爲「今江南山夷呼虎爲虪」了。因此，以筆者之見，後人有用「顧菟」一詞者，在意義上，是不同於運用「月中之兔」的，至於在後代詩文中逕稱「顧兔」者，則可能襲用王逸以來的望文生義之注。「月中有兔」之說，實非源自《楚辭》天問篇。或許月兔神話已有流傳，但現今仍無確切文字資料可參。

到了漢朝，出現了月中有蟾蜍及兔的文字記載。

單言「月中有蟾蜍」最早見於西漢《淮南子》的精神訓：

---

〔註33〕臺師靜農於《楚辭天問新箋》中曾作詁語，蘇雪林於《天問正簡》中，亦牢牢舉其五項論證加以批駁。分別參見頁11～12；頁93～96。
〔註34〕同註26，頁332。

　　　　日中有踆鳥，而月中有蟾蜍。

根據此句之上文以人之膽、肺、肝、腎、脾，與天地之雲、氣、風、
雨、雷相比相參並「以心為主」﹝註35﹞，及其所作之結語：

　　　　是故耳目者，日月也。血氣者，風雨也。

可見此處踆鳥與蟾蜍已分別是日月的精氣，及最主要的代表物。且證
之出土的漢帛畫，亦可見彼時人往往在月輪中，繪有一十分顯眼而巨
大的蟾蜍以與日中之鳥相對（附圖（3）、（4））。如此在圓輪中繪一蟾
蜍以表徵月的風氣，傳播地區相當廣，依目前出土之漢帛畫、磚畫、
或石刻畫像來看，範圍涵蓋了山東、湖南、河南、四川，甚至遠達到
雲南﹝註36﹞。

　　　《淮南子》的另一篇說林訓則進一步記載了蟾蜍於月中的作用：

　　　　月照天下而蝕於蟾蜍。

說明了蟾蜍是造成月蝕的原因。《史記》龜策列傳更以西漢盛行的災
異之說、日德月刑觀念來解釋烏辱日及蝦蟆（蟾蜍）蝕月：

　　　　日為德而君于天下，辱於三足之烏；月為刑而相佐，見食
　　　　於蝦蟆。

關於「蝦蟆」與「蟾蜍」二詞，《爾雅》釋魚云：

　　　　鼁䗇，蟾蜍也。

晉郭璞注曰：

　　　　似蝦蟆居陸地。

明李時珍於《本草綱目》卷四十二云：

　　　　古方多用蝦蟇，近方多用蟾蜍。蓋古人通稱蟾為蝦蟇耳。
　　　　今考二物功用亦不甚遠。

可知此二物因差別甚微，古人便常相互通稱了。

　　　到了西漢末劉向的《五經通義》，有了蟾蜍與兔並比的文字記載，

---

〔註35〕全文是「……天有風雨寒暑，人亦有取與喜怒，故膽為雲，肺為氣，
　　　　肝為風，腎為雨，脾為雷，以與天地相參也，而心為之王。是故，
　　　　耳目者，日月也。血氣者，風雨也。日中有踆鳥，而月中有蟾蜍，
　　　　日月失其行，薄蝕無光……」
〔註36〕雲南陸涼的「爨龍顏碑」刻畫。

劉向以陰陽之說加以附會，而謂兔爲陰、蟾蜍爲陽，可見在劉向以前，月中有蟾、兔之說可能已頗爲流行，以至到了劉向，方有以之配陰陽的說法。證之年代約在漢初的長沙一號漢墓，其中繪有蟾與兔的帛畫便可輔證這樣的現象。關於月中之兔的出現，聞一多從語音的觀點以爲是：

> 蟾蜍之蜍與兔音近易混，蟾蜍變爲蟾兔，於是一名析爲二物，而兩設蟾蜍與兔之說生焉，……驗之漢代諸書，蟾蜍最先而兔最後。〔註37〕

由於月兔神話是世界各國神話上的共通現象，非僅我國才有（見本章第二節說明），它的產生原因現今仍是個謎，月兔神話不太可能是由某種神話分化出來的。因此，聞氏以音近爲由而云「蟾蜍變爲蟾兔」恐有牽強附說之嫌，本文暫不採用。然因漢代有關此敘述甚少，所以，現將詳參地下出土資料，以了解其面貌。

　　據現有漢代畫像資料顯示，最常出現的圖像是左繪一月而右繪一日，日中繪一烏鳥而月中繪一大蟾蜍，月中若加繪一兔者，亦均是與蟾蜍共處，幾無一兔單獨出現於月中者。如此的現象說明了兩種可能：一是就神話產生的時間而言，月中蟾蜍神話的產生原就較月兔神話爲早，月兔是而後加入者。另一是就神話傳衍情形而言，此時的月兔神話與月中蟾蜍神話並爲流行，然不如蟾蜍之說盛及流傳地域廣，因此在繪畫上，月中的象徵物仍以蟾蜍爲主而以兔爲附。這兩種推測，依目前資料來看，當以後者的可能性較大。不過仍有待更多資料的發現，來作進一步的參證。

　　到了東漢，月中蟾兔神話均沿襲西漢而來，並無太大異說，張衡《靈憲》亦以陰陽觀點云：

> 月者，陰精之宗，精而成獸，象兔蛤焉。陰之類，其數偶。

此中的「兔蛤」之「蛤」有兩個解釋：一爲蛤、蝦同義的「蝦蟆」，另一則爲「蚌蛤」。這主要因蚌蛤與月的盈虧有密切的感應關係。《呂

---

氏春秋》精通篇言：

> 月望則蚌蛤實，群陰盈；月晦則蚌蛤虛，群陰掔。

《大戴禮記》易本命篇亦云：

> 蚌蛤龜珠，與月虧盈。

《鶡冠子》卷上天則第四亦有類似的敘述：

> 月毀於天，珠蛤蠃蚌虛于深堵。

因著蚌蛤的開合與月盈缺的配合，使得古人多有以其蚌肉來祭拜的習俗，稱爲「宜社」〔註38〕。因此，《靈憲》所記「蛤」爲「蚌蛤」之解，有可能是因地上「蚌蛤」與月相感應之生物現象投影於月中而來，然此與月虧盈相感的蚌蛤卻並不屬月神話的範圍。

東漢王充《論衡》的說日篇亦載月中二物：

> 儒者曰：日中有三足烏，月中有兔、蟾蜍。……夫月者，水也。水中有生物非兔、蟾蜍也。兔與蟾蜍久在水中，無不死者。日月毀於天，螺蚌汩於淵。……月晦常盡，烏、兔、蟾蜍皆何在？夫烏、兔、蟾蜍、日月氣也。

王充綜合了月猶水之觀念，蚌蛤與月感應之說並月中有兔、蟾蜍神話，提出了質疑及合理性解釋，當然，他個人的闡說姑可不論，不過，由此記載中，可知其時仍傳「月中有兔及蟾蜍」神話，並無增添。

月中有兔與蟾蜍在漢代除了以上所述資料外，觀彼時之「緯書」亦多所列舉，例如《春秋運斗樞》：

> 行世瑤光，則兔出月。（《藝文類聚》卷九五）

《春秋元命苞》亦謂：

> 月之爲言闕也，兩設以蟾蜍與兔者，陰陽雙居，明陽之制陰，陰之倚陽。（《初學記》卷三）

綜觀月中有兔、蟾蜍神話，與嫦娥奔月神話的演進內容，可見兩

---

〔註38〕《周禮》掌蜃注云：「蜃，大蛤也。」《詩緜箋》中引春秋傳言：「蜃，宜社之肉。」而在《詩緜疏》則引鄭司農云：「蜃可以白器，令色白，然則器以蜃飾之，故謂之蜃，言受蜃於社，非受空器而已，明器內有肉，是以祭社之肉，盛以蜃器賜之，故說者皆以蜃爲宜祭於社之肉。」

者之間的直接相交點，乃在《靈憲》所載嫦娥奔月化爲蟾蜍的神話情
節。

　　另外，除了月中蟾、兎神話外，尚有一條爲日月蝕現象作解釋的
「麟鬪」之說，這一資料見於《淮南子》天文訓：

　　麒麟鬪而日月蝕。

「麒麟」一詞在許愼《說文解字》的解釋爲：

　　麒，仁獸也，麋身，牛尾，一角。

　　麟，大牝鹿也。

事實上，「麟」字在先秦時，便已單獨出現在《詩》、《禮》、《春秋》
中，而「麒麟」連稱首見於《孟子》〔註39〕，自此，麒麟便常被視爲
祥瑞和德行的象徵，且成爲一種廣泛的應用，早已超越了《說文》所
述之實象意義，就如和「龍」「鳳」一般而成爲所謂的「靈物」〔註40〕。
因此，《淮南子》中以「麒麟鬪」爲日月蝕之因的解釋，並不具月神
話之獨特專屬性。故而，在後來將這些月中之物神話加以組合，或運
用於詩中時，便不見「麒麟」的蹤跡了。

　　其次就月中植物的部份，在此時期的文字資料並未明確記載，僅
有漢詩「隴西行」中模糊提到「天上何所有？歷歷種白楡。桂樹夾道
生，青龍對道隅。」（《樂府詩集》卷三七相和歌辭十二），現則從地
下出土的畫像資料中，尋一線索。根據常任俠因四川沙坪壩出土的漢
石棺畫像所作的研究指出：沙坪壩所出之石棺，較大的一棺上刻有人
首蛇身畫像，一手捧日輪，其中有金鳥，而較小的一棺、上亦刻人首
蛇身像，一手捧月輪，後則刻靈蟾桂枝〔註41〕。另外，在四川成都市
郊及邛崍縣出土的拓片中（附圖（5）、（6）），亦可發現在蟾蜍旁邊還

〔註39〕《孟子》公孫丑上：「……麒麟之於走獸……」
〔註40〕《禮記》禮運篇：「何謂四靈？麟鳳龜龍，謂之四靈。」唐孔穎達爲
　　　　《春秋經疏》時亦云：「麟鳳與龜龍白虎五者，神靈之鳥獸，王者之
　　　　嘉瑞也。」《易林》卷一亦載：「……麟鳳所遊，安樂無憂。」均說
　　　　明麟之爲靈物，並祥瑞之徵象。
〔註41〕參見常任俠「重慶沙坪壩出土之石棺畫像研究」一文，收入氏著《常
　　　　任俠藝術考古論文選集》，頁1。

有一物，或作樹幹狀，或作枝葉型，其絕沒有如繪動物所特有律動的線條，亦沒有如繪雲氣般柔美迴曲的質性，因此，當可說明此即是漢以後文字資料上所傳載的「月中桂樹」神話。

## 貳、魏晉南北朝時期

就「嫦娥奔月」的月神話子題而言，到了這個時期，所記的神話故事架構均沿襲東漢末張衡《靈憲》所載，與高誘注《淮南子》的內容，並無改動或增添。載述的有如晉干寶《搜神記》卷十四的「嫦娥」。

在月中之物的月神話子題方面，這個時期的月中動物神話亦延續著漢以來的說法，謂月中有兔與蟾蜍，並無增添或改易。不過在作用上，已派給月兔「擣藥」的工作，這則資料見於晉傅咸的「擬天問」：

月中何有？白兔擣藥，興福降祉。〔註42〕

關於「擣藥」之事，據魏晉南北朝之前出土的漢畫鏡或漢畫磚中，當可見在所繪擁有不死藥的西王母旁，有一物體手持一杵而往下擣〔註43〕。觀之漢末樂府相和歌辭「董逃行」中亦有：

教敕凡吏受言，採取神藥若木端，白兔長跪擣藥蝦蟇丸，
奉上陛下一玉柈，服此藥可得神仙。〔註44〕

之字句，說明了此極可能是月中之兔擣藥工作的由來。由西王母以有不死藥而樹立的威望，及此處月中的白兔擣藥，可知此均是世人對長生不死的崇想。

而關於月中植物的神話，這個時期開始記錄了「月中有桂」的神

〔註42〕此不見載於《全晉詩》《全晉文》，乃引自《藝文類聚》卷一。由於月有白兔擣藥之神話在以後的詩文中，均有提及，因此，可信此已成為一種普遍的流傳了。故雖出自類書，但仍引以為說明。

〔註43〕袁珂在其著《神話論文集》，頁141中，據成都揚子山二號墓出土的「西王母畫像磚」而云其中：「刻畫著一隻人立的蟾在西王母座前，做持杵擣藥狀……」事實上，據其他地方的出土資料顯示，此持杵擣藥的，或為戴冠屈膝的人，或為長耳的兔，如附圖（7）所見即是，因此，持杵擣藥之物，就圖像上來說是多樣的。

〔註44〕宋郭茂倩編《樂府詩集》卷三四相和歌辭九。

話，晉虞喜的「安天論」云：

> 俗傳月中仙人桂樹，今視其初生，見仙人之足，漸已成形，
> 桂樹後生焉。〔註45〕

由於虞喜云月中的仙人桂樹是「俗傳」而知，可見，在魏晉以前確傳月中有桂神話，此亦可與漢畫像石所刻的月中「枝狀物」相參證。至於「仙人」之語，卻無明指，倒是爾後唐段成式《酉陽雜俎》天咫篇，記有一被貶仙人吳剛在月中伐桂的說法，極可能由此而來。

　　月中之物的神話子題，除了涵蓋動、植物外，此時還加入了一無生物要素——月宮。偽託漢東方朔著而實為六朝作品的《海內十洲記》載云：

> 東方朔……曾隨師主履行，比至朱陵扶桑，蜃海冥夜之丘，
> 純陽之陵，始青之下，月宮之間。

這是「月宮」一詞首次出現之處，根據先前的地下出土資料顯示，並未見月宮，或形似建築的圖樣，此當是月中之物的神話子題中，最晚添進的要素。

## 第二節　月神話之象徵意義

　　神話是人類最早的集體的夢，也是人類最初運用想像以原始思維開闢而成的一塊園地。人類的想像並不同於動物僅有的實用性幻想，因為，人類早已奠基於此，而超越發展出一種新的形式，其中涵具了象徵性的幻想與智慧，此即如卡西勒（Ernst Cassirer）所強調的：

> 人不僅僅是生活在物質世界裡，同時也生活在象徵的宇宙
> 中。語言、神話、藝術及宗教是這個宇宙中的一部份。它
> 們是經緯，織成了象徵之網。〔註46〕

〔註45〕此不見載於《全晉文》，然而，《初學記》卷一、《太平御覽》卷四及馬國翰編《玉函山房輯佚書》子編天文類均有收錄。且觀之魏晉南北朝詩文中，普遍運用的情形，仍視其為可信資料。

〔註46〕同註1，頁89。

然而，這樣的象徵性，初民本身卻無法意識到，因其大多已超越了意識而涵藏於其潛意識中〔註47〕。因此，本節的敘述重點，乃希望透過神話內容及早期相關資料，來捕捉出月神話本身的象徵意義。

由於嫦娥奔月的神話子題中，嫦娥以「變形」的情節與月中蟾蜍神話結合，因此，為討論之便，則將嫦娥及蟾蜍歸為一組，兔與桂歸為另一組。至於在嫦娥奔月神話中，以為「奔月」前導因素的羿、西王母及其不死藥，由於本身即為一獨立的非月神話群──日神話及王母神話（前節已述），因此，當它與月中嫦娥、蟾蜍、兔、桂此四基本要素相組合運用時，方顯現出其月神話的意義。故而，在此便不予探討。

## 壹、嫦娥、蟾蜍

欲探討嫦娥本身的神話象徵意義，可從三個角度來考察：一是飛奔至月情節，二是奔月為月精（《歸藏》載），三是奔月變形為蟾蜍（《靈憲》載）。此三者分別奠定於「空限」（前者）與「時限」（後二者）的基點上。

在宇宙萬物各具不同特質能力中，「飛翔」是初民隨處可見的鳥類特性。而此來去自如的能力早已較人類突破了更多的空間限制，此隱隱然對飛翔的渴望，便深深地蘊涵於初民的潛意識中，因著初民內在集體心象（Collective represe-ntation）的向外投射，相關於此的神話於焉產生，如奇肱國人造飛車〔註48〕。而由多見上古初民對鳥或龍等飛翔物的圖騰信仰，亦可推測其有極大部份原因是奠定於這樣的基礎之上。

由於神話本身感性成份的特質，及不受類似經驗合理性規範的影

〔註47〕 參見容格（Carl G. Jung）等著，黎惟東譯《人類及其象徵》，頁 19～20。

〔註48〕 《山海經》海外西經：「奇肱之國……其人一臂三目，有陰有陽，乘文馬。」另《博物志》卷二外國亦云：「奇肱民……能為飛車，從風遠行。」

響〔註49〕，使得人類欲望可與神話有種高度想像的結合，更因爲永恆及不死對上古初民而言，是遙不可及的夢，故而，他們便想像出一神話的「樂園」，以別於他們現實所處的世界。在此心理前提之下，便賦予嫦娥吞不死藥後「飛奔」向月的神話情節〔註50〕。根據容格（Carl G Jung）心理學派的看法，這種獨自的旅程，卽已象徵一種超越性的解脫〔註51〕，這種超越，乃超越了空間的限制而促成飛翔能力的自現。而此同時，也暗示著進一步超越死亡的可能性。他們在圓形回歸的時間觀點下〔註52〕，了解到欲從時間的有限中解脫，卽可藉由回歸至原來生命的起點來達到〔註53〕，此種回歸樣態，或爲靈，或爲精，或爲神，一旦奔月爲「月精」後，就已代表一種不同領域的生命形態，也就是一種不死的完成。

「精」或「靈」的觀念，事實上，早已存在於上古人及原始部族的心中，根據人類學家馬凌諾斯基（Bronislaw Malinowski 1984～1942）實地田野調查的研究推知，由於他們不願把死亡看成結束，不敢承受完全停止和毀滅的想法，因此，便自然產生靈魂和精神不死的概念，而有一種精神長存和死後復生的自慰信仰〔註54〕。這種

---

〔註49〕 參閱 Northrop Frye "Anatomy of Criticism：Four Essaya" P136，Third Essay Archetypal Criticism：Theory of Myths。

〔註50〕 袁珂對嫦娥何以能服不死藥而奔月，從不死藥乃半劑的角度作推想，其推想基點主要在於：將嫦娥奔月附屬於羿神話中來考察，並以魏晉道家服半劑能升天的說法爲據，以爲羿請之「不死藥」必當是兩人服了都不死的分量，而嫦娥服半劑，故能升天奔月。和本節以嫦娥奔月原爲一獨立的神話來作象徵意義的詮釋，基點不同，此僅附其說以參。同註7，頁143～145。

〔註51〕 同註47，頁179。

〔註52〕 所謂「圓形時間觀」卽指：一種具有無限恢復的可能性的時間信仰，由這信仰產生了在圓形週期的時間之中，一切再生的願望。參見王孝廉「死與再生」一文，收於氏著《神話與小說》，頁92。

〔註53〕 Mircea Eliade "Myth and Reality" translated from the French by Willard R. Trask PP78.79。

〔註54〕 參見馬凌諾斯基（Bronislaw Malinowski）著，朱岑樓譯《巫術、科學與宗教》，頁32。

概念亦可在已有文字的先秦戰國時期看出端倪。此「精」的觀念非常盛行於戰國末期。雖然，在使用此字時，未必會有如莊子上指道而下指心的嚴格意義，但是，在基本上，已經承認了在人生命之中，有一種可稱爲「精」的東西。雖然不可見，但萬化卻已因此「精」的活動而生育、成長〔註55〕。如此想望能亙古存在的心願，卽已投射在嫦娥奔月爲月精的神話中，自嫦娥吞不死藥，從「奔」月的歷程到「爲月精」，便象徵了始自有限，而向永恆及不死追求的勇氣與努力，也象徵了其已超脫形體所限的意義。當然，爾後「精」遂轉爲月中之物的通稱詞，如兔、蟾蜍，甚或桂，都可稱是一種「月之精」。

　　嫦娥奔月和月中蟾蜍神話相結合，便產生了「托身于月，是爲蟾蜍」的變形神話，更加豐富了嫦娥本身的象徵意義。在究嫦娥變形的意義前，得先就「變形」此重要的神話現象作一了解。

　　關於「變形」一詞，最初原是迻譯自西方神話術語中的「metamorphoses」，其意義主要是指由魔、巫術，或任何其他超自然的力量，而產生的形體改變現象。國內學者亦多據此詞來進行神話的研究〔註56〕。不過，在我國典籍中，卻是較常用「化」或「爲」字，來說明變形的事實。因此，初民便透過變形的方式，在變幻形體的流動中，脫離宇宙自然的法則，而對他們所處的現實提出了解釋。例如：爲解釋人的起源，多半會創造出由物變形至人的神話（如女媧搏黃土爲人）；而若是由人變成世界中某一物的神話，則往往和動植物或山川的起源有關（如帝女之化爲䔿草）等〔註57〕。除此之外，變形神話也廣泛被應用於連接兩種狀況的說明，以滿足初民的期待或邏輯（如鯀之違帝命被殛于羽山，必化爲黃熊方能入于羽淵而逃）。而支持此

〔註55〕參見徐復觀著《兩漢思想史——卷二》，頁44～46。
〔註56〕如王孝廉與樂衡軍卽用此詞來闡述他們的神話觀點。
〔註57〕此起源觀點參見鄭恒雄「神話中的變形————希臘及布農神話比較」，《中外文學》三卷六期。

變形律則的深層心理因素，則可遠從兩點來探討：一是初民觀象合體的宇宙觀，另一則是初民原始的圖騰信仰。

由於初民對宇宙萬物是一種直觀觀象的觀察法，其身處其中，與其他動植物及自然界無生物共生共存，且又因族群集體生活方式需要之故，因此，彼時尚沒有所謂「個體」的觀念，在他們的心靈中，世界萬物是可彼此互通的，因為，生命被感受為「一個不斷的連續體」〔註58〕。在不同生命領域間，並沒有嚴格種類的區分，卽或有限制，亦可加以超越。故而，在不同形體的類別間，便可能有一偶發性的變形情節，或者人形物性，或者物形人性，又或者半人半物，來促成生命流動轉發的目的〔註59〕。因此，當他們或覺驚懼，或覺疑惑，或為自己的希望找出路時，不自覺地便運用了潛意識的變形渴望，來想像一變形的神話。

此外，遠古時期的「圖騰信仰」也深深影響了變形神話，而成為變形的對象。

圖騰（totem）此詞乃從北美奧日貝人（Ojibways）的土語轉化而來〔註60〕，其意義，依杜爾幹（E. Durkheim）在「亂倫的禁止」（Laprohibition de Linceste）一文中云：

> 圖騰是一種生物或非生物，大多數是植物或動物，這團體
> 自信出自牠，牠並作為團體的徽幟及他們共有的姓。〔註61〕

因此，吾人可知形成某一群落的圖騰物，便多半具有神聖不可侵的意義，牠的產生，除了為滿足起源解答的宗教心理並與他群作區別的實用目的外，往往也因為此圖騰物的功能或特性與其地區之人有密切的關係。這些圖騰物，由於人們相信自己與這些親族動植物或無生物間，有一種內在的作用，因此，使得牠們常帶有很深的神秘與象徵色

〔註58〕同註1，頁93。
〔註59〕樂衡軍便以此轉發的形態，而分為力動的與靜態的變形兩類。同註23，頁153。
〔註60〕參見岑家梧著《圖騰藝術史》第一章「釋圖騰制」，頁9。
〔註61〕轉引自李宗侗著《中國古代社會史》，頁2～3。

彩〔註62〕。所以，在探究神話變形的象徵時，可追溯出其與早期的圖騰崇拜，有頗大程度的關聯。

嫦娥變形後的蟾蜍，早期便極可能為一圖騰物，且先就蟾蜍本身的特性及地下出土陶紋資料來作說明，並探究出蟾蜍的象徵意義。

蟾蜍是一繁殖力很強的生物，而繁殖傳衍生命對上古初民更是很重要的事，因此，初民們便常將之視作繁殖孕育的象徵。我國北方少數民族之一的滿族，其創世神話便是以蟾蜍（蛤蟆）之快速繁衍生殖力的意象特色作比喻。在「薩滿神詞」便提及：宇宙開闢之初時，天宮最高的女神阿布凱赫在風浪中巡遊，使大海生出水泡，這水泡像蛤蟆籽一般地愈生愈多，愈生愈大，而後聚集，孕育出他們的始祖〔註63〕。此蟾蜍具深義的象徵，在遠古時，極可能曾為某族或某群落的圖騰物，而成為尊崇或圖繪的對象。此由在「馬家窰文化」中〔註64〕，所發現的大量而突顯的蛙紋，可得一推證。

根據嚴文明考察從半坡期到廟底溝期、到馬家窰期的蛙紋形式〔註65〕，發現其圓形樣式乃由寫實、生動而漸漸走向圖案化和抽象化，其中的蛙紋始終與鳥紋主題並現，由於這一對母題並非偶然出現，且曾延續如此之久〔註66〕，極可能是初民對日、月神崇拜的體現，而後到了神話記載中，方成為代日的烏鳥和代月的蟾蜍。此外，在漢畫像磚中之並舉日烏、月蟾以象徵吉兆，以及在漢規矩鏡中，蟾蜍與麒麟、雛雞等聖物並列的情形看來〔註67〕，蟾蜍原先的神話意義是神聖而被尊崇的，而後，蟾蜍的神異性又演為長壽的象徵。例如漢末樂

---

〔註62〕參見彭兆榮「變形考辨」，《民間文學論壇》1986年第五期。
〔註63〕原文意譯參見汪玢玲「論滿族水神及洪水神話」，《民間文學論壇》1986年第四期。
〔註64〕「馬家窰文化」一詞，首先由夏鼐提出，此參見石興邦「有關馬家窰文化的一些問題」文中所引，《考古》1962年6月。
〔註65〕嚴氏之論，參見其文「甘肅彩陶的源流」，《文物》1978年10月。
〔註66〕同上註。蛙紋和鳥紋早在仰韶文化即已成為傳統文飾。
〔註67〕參見張金儀著《漢鏡所反映的神話傳說與神仙思想》，頁22。

府詩相和歌辭「董逃行」中已有將之用爲長生藥丸：

> 採取神藥若木端，白兔長跪搗藥蝦蟇丸，奉上陛下一玉柈，
> 服此藥可得神仙……陛下長生老壽。

郭氏《元中記》亦云：

> 蟾蜍頭生角，得而食之，壽千歲。又能食山精。〔註68〕

另《抱朴子》對俗篇云：

> 蟾蜍，壽三千歲者。

可見蟾蜍在人們心中，確非凡物。因此，基本上，若單就月中蟾蜍此一神話子題而言，當具有三層意義：一爲繁衍孕育的早期圖騰象徵，二爲長壽、長生不絕的意義，三則可能歸因其嘴大可怖之外形，而爲月虧說明之意義。此正如《淮南子》說林訓所記：

> 月照天下而蝕於蟾蜍。

　　由此可見，在嫦娥托身于月爲蟾蜍的神話情節裡，由於嫦娥已由一種人位的實質存在，轉化爲非實質的象徵，除了先前超越時空以求不死及永恆的意義外，更象徵著再生與繁衍的神聖意義。當然，此間的變動轉化雖隱藏於質樸簡潔的語言中，但已較記錄嫦娥單單脫化舊形爲「月精」，融入了更多初民的感情，因其已爲嫦娥能擺脫死亡，超越個體之限，而遁入另一空間開始的永恆生命，提出了不得不變與保證的信心說明。

## 貳、月兔、月桂

### 一、月兔

　　兔與月有關，已知是世界上神話的普遍現象〔註69〕，以現今仍

---

〔註68〕此書今已不傳，此乃據《太平御覽》卷九四九引。

〔註69〕這種相同神話的現象，目前尚無完整的學說來解釋，而僅有持不同觀點者。Charles Mills Gayley 曾將這方面的研究分爲六類：一是偶然說，二是借用說，三是發源於印度說，四是主張同一歷史傳說，五是阿利安種神話說，六是普同心理說。此參見氏著，楊成志譯「關於相同神話解釋的學說」，中山大學《民間文藝》第三期。

存的南非那馬瓜土人（Namagua）卽有月曾差派兔子告訴人，可像月一般死了再活，而兔卻說錯的神話〔註70〕。在印度神話中，亦多有月兔之記載，如《一切經音義》卷二十三：

> 月中兔者，佛昔作兔王，爲一仙人投身入火，以肉施彼，天帝取其體骨置於月中，使得清涼，又令地上眾生，見而發意故也。

而在《大唐西域記》卷七「三獸窣堵波」亦記載著天帝不泯兔之善迹，而將之寄於月輪，以傳後世的神話故事〔註71〕，另外，遠在古墨西哥及南非洲的祖魯蘭德，亦流行著月中有兔的神話〔註72〕。就我國月兔神話而言，由於載錄簡略，因此，除了僅知其在月中擣不死藥之外，目前尚無資料可推證其早期是否爲圖騰物或人們崇拜的對象。不過，在唐以前的其他相關資料中，仍可找出兔在人們心中的普遍形象，由此而爲其在月神話中擣藥的角色，賦予神話象徵的意義。

在《禮記》曲禮下已首言：

> 凡祭宗廟之禮……兔曰明視。

另在漢鏡中，兔也總是配合著東王公、西王母，與三青鳥、三足烏、

---

〔註70〕見林惠祥著《神話論》，頁42。

〔註71〕全文爲：「烈士池西有三獸窣堵波，是如來修菩薩行時燒身之處。劫初時，於此林野，有狐、兔、猨，異類相悅。時天帝釋欲驗修菩薩行者，降靈應化爲一老夫，謂三獸曰：『二三子善安穩乎？無驚懼邪？』曰：『涉豐草，遊茂林，異類同歡，旣安且樂。』老夫曰：『聞二三子情厚意密，忘其老弊，故此遠尋。今正飢乏，何以饋食？』曰：『幸少留此，我躬馳訪。』於是同心虛己，分路營求。狐沿水濱銜一鮮鯉，猨於林樹採異花菓，俱來至止，同進老夫。唯兔空還，遊躍左右。老夫謂曰：『以吾觀之，爾曹未和。猨狐同志，各能役心，唯兔空返，獨無相饋，以此言之，誠可知也。』兔聞譏議，謂狐猨曰：『多聚蕉蘇，方有所作。』狐猨競馳，御草曳木，旣已蘊崇，猛焰將熾。兔曰：『仁者，我身卑劣，所求難遂，敢以微躬，充此一飧。』辭畢入火，尋卽致死。是時，老夫復帝釋身，除燼收骸，傷歎良久，謂狐、猨曰：『一何至此！至感其心，不泯其迹，寄之月輪，傳乎後世。』故彼咸言，月中之兔自斯而有。後人於此建窣堵波。」

〔註72〕轉引自鍾敬文「馬王堆漢墓帛畫的神話史意義」中，出石誠彥所集之資料。此文收錄於鍾敬文等著《中華文史論叢》一書。

玉女、羽人等一起出現〔註73〕，而在《論衡》狀留篇，亦有將之比於神物「麒麟」的敘述：

> 兔走疾于麒麟。

晉葛洪《抱朴子》對俗篇亦云：

> 虎及鹿兔皆壽千歲，壽滿五百歲者，其毛色白。

由以上記載可推知，基本上，兔之象徵意義是被尊崇而長壽的。除此，再參以現今邊區民族所留下的遠古傳說，更可從中普遍看出兔之靈巧、智慧以及主持正義的形象〔註74〕。因此，其成為在月中擣不死藥、抗爭死亡的使者，似乎亦是極為自然的事。

## 二、月桂

月中有桂的神話，在魏晉以來即已載錄流傳，它在月神話子題中，並無神話情節的烘托，且形式上不與其他子題有直接關涉，僅是到唐《酉陽雜俎》書中記一被貶仙人吳剛，在月中砍此斷了又長之月桂樹，方使「桂」本身的神話意義活潑起來。因此，欲探求桂在唐以前的神話象徵意義，並探求其成為月神話的原因，僅可從桂的植物特性及歷來人對桂的普遍概念著手，而後方才能歸結出它在月神話中自足性的象徵意義。

桂，是一種生長在南方的植物，四季長春。由《呂氏春秋》本味篇所記的：

> 和之美者，陽樸之薑，招搖之桂。

及《山海經》南山經的：

> 招搖之山，臨于西海之上，多桂，多金玉。

可知招搖之地多桂，而此中的「招搖」即現今南方的「桂陽」。晉郭璞《山海經圖讚》南山經「桂讚」即云：

---

〔註73〕同註67，頁53。
〔註74〕參見李豐楙「兔子——智慧的原型」文中所收錄有關藏族、蒙古族、傣族、佤族、以及雲南西部山區及新疆地區民族的兔傳說。《國文天地》第二十一期。

桂生南裔，拔萃岑嶺，廣莫熙葩，凌霜津穎，氣王百藥，
森然雲挺。

桂長於南方，亦可於位處南方之楚人屈原在作品中的多所運用：

嘉南州之炎德兮，麗桂樹之冬榮。（遠遊篇）

結桂枝兮延佇……援北斗兮酌桂漿……辛夷車兮結桂旗。
（九歌篇）

雜申椒與菌桂兮（離騷篇）

及《戰國策》卷十六所述蘇秦答楚王之問：

楚國之食貴於玉，薪貴於桂。

之句得到明證。許慎於《說文解字》六篇上說明桂是：

江南木，百藥之長。

除了強調桂爲南方植物外，也說明了桂爲樹中之寶。因著桂爲南方植
物，可推知月中有桂的神話，最早當產生自我國南部地區。

桂多生於南方山嶺間，有味辛之性，且常卓然獨立而無雜木。《文
心雕龍》事類篇云：

夫薑桂同地，辛在本性。

晉嵇含《南方草木狀》述云：

桂出合浦，生必以高山之巔，冬夏常青，其類自爲林，間
無雜樹。

晉郭璞在《爾雅》釋木「梫木桂」下亦注云：

今南人呼桂，厚皮者爲木桂，桂樹葉似枇杷而大，白華華
而不著子，叢生巖嶺，枝葉冬夏常青，間無雜木。

由於桂有卓然獨立不與他樹相雜的特性，引申而言，亦可被比用於人
之登第。如《晉書》卷五十二郤詵傳中，即敘述郤詵以對策上第拜議
郎，累遷雍州刺史之後，郤詵自比於桂，以答武帝之問：

武帝於東堂會送，問詵曰：「卿自以爲何如？」詵對曰：「臣
舉賢良對策，爲天下第一，猶桂林之一枝，崑山之片玉。」

或是被引用於人之品性高潔，如《世說新語》德行第一所述：

客有問陳季方，足下家君太丘有何功德，而何天下重名……
季方曰：「吾家君譬如桂樹生泰山之阿……」

另在漢魏以來之詩賦中，亦多以桂長春、雅潔之特性，或敘景、或自況、或興起下文。如漢劉向「九歎」：

> 結桂樹之旖旎兮，紉荃蕙與辛夷。

漢淮南小山的「招隱士」：

> 桂樹叢生兮山之幽，偃蹇連卷兮枝相繚……（王逸注云：桂樹芬香以興屈原之忠也。）

又如南朝宋謝靈運「入華子岡是麻源第三谷」中的：

> 南州實炎德，桂樹陵寒山……

由此可見，「桂」自來的普遍形象是雅潔、超拔而美好的。

此外，桂還具有可食的特性，《莊子》人間世卽首云：

> 桂可食，故伐之。……

漢鄭玄注《禮記》內則「梨薑桂」亦云：

> 皆人君庶食所加庶羞也。

然而，自魏晉以降，人們更多注意的是其藥用的特性，而有服之長生、服之得道的說法，《水經注》卷三十六云：

> 林邑之將亡矣，其城隍壍之外……其中香桂成林，氣清烟澄。桂父，縣人也，樓居此林，服桂得道。

晉干寶《搜神記》卷一亦述：

> 彭祖者，殷時大夫也。姓錢，名鏗，帝顓頊之孫，陸終氏之中子，歷夏而至商末，號七百歲，常食桂芝。

葛洪《抱朴子》內篇亦詳述：

> 桂可以葱涕合蒸作水，可以竹瀝合餌之，亦可以先知君腦，或云龜，和服之，七年，能步行水上，長生不死也。
> 趙他子服桂二十年，足下生毛，日行五百里，力舉千斤。

雖然，有關桂此富於神奇性的說法，明李時珍斥爲「方士謬言類多如此」（《本草綱目》卷三十四），但是，無可否認的，在唐以前，桂在人們心中，普遍是一種高潔不染，傲然居眾木之長的美好形象；且由於桂甘辛溫和，服之可養生的藥性，亦使得人們相信其會產生不老及長生的效用。

　　由於神話想像的內容，以初民歷來的生活經驗及普遍想望為基礎，因此，雖然早先有關桂的月神話相當簡略，但在了解「桂」本身的特性及它在人們心中的普遍概念之後，便可知人們以之反射於月神話內容中的用意，亦可知其最初在月神話中，實具有神聖、高潔不可侵以及永不衰絕的象徵意義。

　　綜上所述，月神話早期的象徵意義可歸納為：

嫦娥：追求不死與永恆、超脫形限、再生、繁衍

蟾蜍：繁衍、長生、蝕月

月兔：長生

月桂：長生、清高、雅潔

　　由於月缺月圓形態上的變化，而具有的不死的內涵意義，吾人可見，環繞在月的神話要素中，也明顯地以此精神來貫串。嫦娥吞不死藥奔月及兔、蟾蜍、月桂都含有如此的象徵意義。四要素為月神話的主要涵蓋範圍，而漢魏六朝和唐詩人亦以此四要素為主要運用的對象，有些則偶或配合了不死藥，說明擣藥之事，或以月宮之詞稍加修飾。至於西王母和羿則不在詩人運用月神話的主要範圍內，而僅作為一種輔助說明月神話的作用。探究其因，可約分兩點闡述：

　　一、月神話中的四要素（嫦娥、兔、蟾蜍、月桂）是很早就已有的。它們在世人眼中，分別代表了人、動物、和植物。這三種類型也就是初民心目中，世界所涵括的範圍。原來，自古人類對日月的觀念即有一個特點，就是以日月神為日月的本體，而不是於日月神外，另有日月的本體。因此，說嫦娥奔入月中為月精，即明白把月當作一個可以居住之地，即是可以居住的地方，便當有人、動物、植物在其中，以建構一個當然的小世界，因此，較晚時，人們才又添入了「月宮」要素。

　　二、因西王母和羿均是圍繞在嫦娥奔月，而為加強其情節的外加部份，且他們各個獨立為一非月神話群，再加以詩形式的限制，無法容納過多的敘述，因此，當詩人選取月神話運用時，大多便自然地排

除了這些要素。而以嫦娥、蟾蜍、月兔、月桂爲運用的主角。

　　在下一節中，卽將觀察唐以前的詩人運用月神話之情形。

## 第三節　漢魏六朝詩人運用月神話

　　月神話於詩中的運用從漢末開始。由於兩漢主要是記錄月神話的時期，再加以爲道而文的觀念強烈地主宰著此時的文人。故而，我們僅在漢末的兩首詩中發現月神話，運用的方式相當簡單，一是爲避免「明月」的重覆，而以「蟾兔」代之的：

　　　三五明月滿，四五蟾兔缺。（無名氏「古詩」《全漢詩》卷三）

另一則是將「嫦娥」當作天上仙女來敘述的：

　　　姮娥垂明璫，織女奉瑛琚。（相和歌辭「豔歌」《全漢詩》卷四）

　　到了魏晉南北朝，因月神話的內容故事已大抵完成，再加上文學地位的逐步提高，月神話才明顯進入了文學運用的階段。

　　由於魏晉南北朝是自秦一統天下之後，中國社會的第一個大變動。因此，在頻頻改朝連年戰禍中，此時的文人不論在對傳統思想的意識形態及爲道而文的反思上，都有一來自苦悶心靈的自由躍動與突破。自東漢建安以後，詩文辭賦逐漸脫離了先秦兩漢以來載道爲道的功用文學，一變爲魏晉之個人言志文學，再變爲南朝之藝術至上的唯美文學，這也是中國純文學地位的確立，及美學藝術精神實際創發、奠定的時代。因此，月神話脫離了早先記錄或陰陽比附的方式，而進入了文學運用的階段。

　　六朝詩中運用月神話的作品共有四十首，數量並不算多，大部份是南朝詩。晉詩只有兩首，一爲陳述月神話的：

　　　素日抱玄鳥，明月懷靈兔。（傅玄「三光篇」末兩句《全晉詩》
　　卷二）

另一爲將「嫦娥」視爲曼妙嬝娜女神來敘述的：

　　　姮娥揚妙音，洪崖領其頤。升降隨長煙，飄飄戲九垓。（郭
　　璞「遊仙詩」之一中的四句《全晉詩》卷五）

　　月神話大量出現的南朝詩中，詩人運用的背後並沒有深刻的心理或社會因素，大多著力在修辭的表現。由於南朝受到魏晉清談和玄學的影響，作品漸由情韻的展現而轉為事理的鋪陳，詩人均全力嘔心經營，欲在修辭技巧上超越前人，在此背景下，除了造成「巧構形似」的風貌外，也促成了用典風氣的興盛。然而，月神話在南朝詩中的重點並不在寄喻，而是造成字句上的靈活變化及產生輕綺的美感。敘述的形式簡單，於詩中呈現一獨立的意象，語意完足，並不帶起興或其他的作用。例如：

（1）星流時入罩，桂長欲侵輪。（庾肩吾「和徐主簿望月」《全梁詩》卷七）

（2）風移蘭氣入，月逐桂香來。（張正見「對酒」《全陳詩》卷二）

（3）月麗姮娥影，星含織女光。（劉孝威「苦暑」《全梁詩》卷十一）

（4）月落桂陰遠，風起萱條結。（荀濟「贈陰梁州」《全梁詩》卷十二）

（5）月中含桂樹，流影自徘徊。（梁元帝「關山月」《全梁詩》卷三）

（6）嫦娥望不出，桂枝猶隱殘。（劉孝威「侍宴賦得龍沙宵明月」《全梁詩》卷十一）

（7）月下姮娥落，風驚織女秋。（張正見「秋河曙耿耿」《全陳詩》卷二）

（8）成形表蟾兔，竊藥資王母。（郊廟歌辭「夕月誠夏」《全隋詩》卷一）

（9）不學蕭史還樓上，會逐姮娥戲月中。（江總「姬人怨」《全陳詩》卷四）

（10）當學織女嫁牽牛，莫作姮娥叛夫婿。（薛道衡「豫章行」《全隋詩》卷二）

在這些詩句中，不是生動地加強月的意象（前七例），即是將月神話之情節內容簡單陳述於詩中（後三例）。

　　至於月神話於詩中能興發感懷的，只得兩首。茲錄其相關詩句：

（1）婺女儷經星，嫦娥棲飛月。慙無二媛靈，託身侍天闕。（顏延之「為織女贈牽牛」其中四句《全宋詩》卷二）

（2）珠桂浮明月，蓮座吐芙蓉。隱淪徒有意，心迹未相從。（薛

道衡「展敬上鳳林寺」末四句《全隋詩》卷二）

第一例中，詩人以織女的口吻來寫，因著婺女能與星辰相伴〔註75〕，常娥能有明月棲身，而感懷自己孤孑一身的悽涼。第二例則以「珠桂浮明月，蓮座吐芙蓉」來興發下兩句隱逸的本性及一片清幽心境的說明。

除此，還有一首簡單詠月桂的詩：

新叢入望苑，舊幹別層城。倩視今移處，何如月裏生。（庾
肩吾「詠桂」《全梁詩》卷七）

這首詩中，對桂本身並無什麼刻劃，僅由末兩句的「倩視今移處，何如月裏生。」，可知詩人將眼前所見的桂樹與月桂神話作一個聯想，過程直接而簡單。將月神話置於詩中作一主要而詳細的描摹，得至唐詩中才可發現。

六朝時期，亦出現了一部份以借代技巧運用月神話的詩，此中運用的形式類別並不多，在此簡述之。而有關此技巧及它的內涵意義，則將在四章二節分析月神話於唐詩中的運用時再詳述。六朝詩人以月神話所替代的對象有「月」和「月光」，例如：

（1）漢曲天榆冷，河邊月桂秋。（江總「七夕」《全陳詩》卷三）

（2）月桂臨樽上，山雲影蓋來。（樂府無名氏「西園遊上才」《全隋詩》
卷四）

（3）金波來白兔，弱木下蒼烏。（「宮調曲」五首之一《全北周詩》卷
一）

（4）攢柯半玉蟾，裛葉彰金兔。（劉孝綽「林下映月」《全梁詩》卷十）

前兩例都是以月桂來代月，和另外一句在意象上相當一致。第三例則是以兔和烏相對，分別替代了月和日。第四例由於重點在形容月光於枝葉下閃閃生光之情景，因上下兩句所描寫的均是同一景況，故分別

---

〔註75〕《史記》天官書第五：「……牽牛為犧牲，其北河鼓，河鼓大星，上
將。左右、左右將。婺女，其北織女。織女，天女孫也。」《史記正
義》云：「須女四星，亦婺女，天少府也，南斗、牽牛、須女，皆為
星紀。」可知婺女即為人們心中的「星神」。

以玉蟾和金兔來替代月光。

此外，還有將月神話更進一步地以隱喻技巧運用的，共有詩三首，這是唐以前運用月神話技巧最高的作品。關於「隱喻」技巧亦將放在四章二節詳述，此僅簡單說明它的意義：就是詩人藉由運用月神話入詩，來指涉一或具體或抽象的對象，由上下詩句，或詩題中，可以明確掌握月神話相比的對象，然此中沒有「如」「似」「猶」「像」……等字來聯接兩者。這三首作品分別是梁詩二首和陳詩一首，已是此時較後期的作品了。現述如下：

（1）流輝入畫堂，初照上梅梁。形同七子鏡，影類九秋霜。
　　　桂花那不落，團扇與誰妝。空閨北窗彈，未舉西園觴。（簡文帝「望月」《全梁詩》卷二）

（2）玉匣卷懸衣，針樓開夜扉。姮娥隨月落，織女逐星移。
　　　離前怨促夜，別後對空機。倩語雕陵鵲，填河未可飛。（庾肩吾「七夕」《全梁詩》卷七）

（3）鏡與人俱去，鏡歸人未歸。無復姮娥影，空留明月輝。（徐德言「破鏡」《全陳詩》卷四）

第一例的詩題是「望月」，前四句在描寫月光入室之情景，五六句的「桂花那不落，團扇與誰妝。」意爲：月中的桂花豈不會凋落嗎？閨中女子可爲誰來妝扮自己呢？在漢班婕妤「怨歌行」中曾有兩句：「裁成合歡扇，團團似明月。」可知扇與明月自來成爲女子渴求圓滿的象徵，由「團扇」所暗藏的含意及透過前四句中「月圓」「鏡圓」的引發，可知詩人以「桂花那不落」來隱喻時光的流逝、永不停留。第二例則藉由三四句的「姮娥隨月落，織女逐星移。」來隱喻時光的流逝。這兩首詩都透露了詩人感懷時間逝去的心理。第三例則有它特別的背景：作者在陳朝政衰動亂之時，破鏡與妻各執一端，數年後，妻爲權貴所得，作者窮困流落街頭，後以半鏡與已入權貴家的妻子相認〔註76〕。所以，在詩中作者用鏡與月這兩個象徵團圓之物來架構，由前面兩句

〔註76〕見《全陳詩》卷四「破鏡詩」下引《古今詩話》之文。

的「鏡與人俱去，鏡歸人未歸。」，可知詩人運用了「無復姮娥影」來隱喻愛妻已不復還，相當適切。

　　綜觀月神話在六朝詩中的運用，詩人主要是以文學美的角度來選取月神話。因此，在詩中已少見在古籍中常出現的蟾蜍了，月兔出現的頻率亦不若月桂、嫦娥來得多，詩人的感情亦少透過月神話來傳達。此外，月神話中很重要的長生不死的象徵意義，亦全不見六朝詩人的運用。我們在六朝詩中，所能隱約捕捉住的除了時間的意涵外，便只是月桂雅潔和嫦娥嬌美的形象了！

# 第三章　唐詩中月神話運用心理之考察

　　詩人、作品與文化社會，是一個三角互動的關係。在縱向的文學發展及橫向的時代社會文化衝擊下，常有不同形態的作品展現。

　　唐以前，月神話歷經了數次內容上的增添與完成，在人文和仙道氛圍的洗禮下，這個素材本身增加了附會的解釋，也解消了部份的神話意涵。在漢魏六朝詩中，即見月神話早期的象徵意義，並未被充份運用。到了唐朝，這個國勢鼎盛且詩體發展及寫作技巧已臻完備的時期，由於詩人的創作動機較漢魏六朝詩人來得複雜，因此，當詩人運用月神話入詩時，便也隨之呈現出豐富而多樣的面貌。是以本章從探討唐詩人運用月神話之心理入手，以呈顯詩中意涵之所指。在此，「心理」一詞，並不侷限在佛洛伊德、容格等所主張的「心理分析」，而是詩人運用月神話背後的心理與思想，自然，這涵蓋了時代文化、政治社會、人類亙古共有之情感及詩人個人等因素。在此表達過程中，也披露了月神話的意義。

## 第一節　寄寓思念離情

　　離別思念，是人類亙古自然之情感，更是喜聚不喜散的中國人，心靈深處最強的牽動與感傷。相隔異地的人們，常藉著賦有思念象徵的媒介物，來抒陳心中難耐的離別情思，例如「流水」「飛鳥」即是。

又如文學作品中的「楊柳」，更常被用以傳達這份迂迴難捨的情感。黃永武曾以感性的筆觸說：

　　千古以來的楊柳，以摧折枝幹的隱痛，表出離人內心的哀傷。〔註1〕

除此之外，則屬星空中的「明月」，最是文人墨客寄情相思的所在了。望月而懷人，可說已是自古以來人們的共同感受。這類作品非常多，如《詩經》陳風篇的「月出」：

　　月出皎兮，佼人僚兮。舒窈糾兮，勞心悄兮。
　　月出皓兮，佼人懰兮。舒慢受兮，勞心慅兮。
　　月出照兮，佼人燎兮。舒夭紹兮，勞心慘兮。

卽是一篇非常動人的代表作。然而，運用相關月的神話來表達思念離情，卻是直到唐朝才開始，在月神話素材中，詩人得以活潑地運用各個要素，以使心中所欲表達的思念離情更激發詩的靈動性。

　　如盧照鄰的一首「江中望月」：

　　江水向涔陽，澄澄寫月光。鏡圓珠溜徹，弦滿箭波長。
　　沈鉤搖兔影，浮桂動丹芳。延照相思夕，千里共霑裳。（《全
　　唐詩》卷四二，頁525。以下僅標明卷數頁數，若出於《全唐詩外編》
　　則加上「外編」）

多病孤愁的「幽憂詩人」（盧有《幽憂子》三卷行於世）在靜夜江中，因月而牽動他滿腹的相思。澄明的月光在粼粼的江波上，灑下柔和寫意的情愫，引得他抬頭仰望。前兩聯，詩人寫出他置身在江月連天的優美景緻中，而後兩聯，則運用了月神話「沈鉤搖兔影，浮桂動丹芳。」來相互輝映內心躍躍不安的思念。此處盧照鄰巧妙地用兔影之「沈搖」及桂香之「浮動」來暗示他思念翻攪的心情。終於，詩人再也無法按捺住相思之苦，而奇想與千里外的人兒，共任思念的清淚沾滿衣襟了。

　　杜甫有一首「月」詩，也是善用了月神話的特性以暗寄他思故居

---

〔註1〕黃永武著《中國詩學——思想篇》，頁41。

的心情：

> 斷續巫山雨，天河此夜新。若無青嶂月，愁殺白頭人。
>
> 魍魎移深樹，蝦蟆動半輪。故園當北斗，直指照西秦。（卷
>
> 二三〇，頁 2528）

這首詩乃杜甫作客他鄉時，遙念故居「杜曲」的作品，在雨後一片清新的夜色中，杜甫翹首遠望那一彎新月，不禁慶幸有那一輪皎月，否則豈不愁壞了無處寄情的白髮之人？接著詩人以月照樹林，樹影幢幢移動，以及蝦蟆在月中上下地跳躍，結合了現實之景與對月神話的想像，暗自寄訴了他浮遊不定的想念。隨著月的移動，亦可知詩人已佇立了好些時候，杜甫很含蓄地將思念娓娓引出，此刻該是「故園當北斗，直指照西秦。」吧！？

　　杜甫的另一首「一百五日夜對月」則呈現出更為熾熱的鄉愁：

> 無家對寒食，有淚如金波。斫卻月中桂，清光應更多。
>
> 仳離放紅蕊，想像顰青娥。牛女漫愁思，秋期猶渡河。（卷
>
> 二二四，頁 2404）

清明節前，最是令人思鄉的時候，杜甫在詩中運用了斫卻月桂和牽牛織女會面的傳說，來強調他思鄉之殷切。詩人在寒食節氣，想起自己孤身在外，滿面的清淚，就如同迎面映照的月光金波那般地閃動著，此刻他不禁生發衝動的奇想，多麼盼望能將月中的桂樹砍去，若是它枝葉繁茂，遮住月光，那麼就無法藉由月光寄訴強烈的思鄉情愁了。而且，清光一多，亦會使想像中遠方愛妻顰眉的身影，看得分外清楚。杜甫「斫卻月桂」的癡想，使全詩憑添不少靈趣。

　　除此，尚有運用月神話以寄寓對遠方朋友或情人的想念，如劉禹錫的一首「懷妓」：

> 三山不見海沈沈，豈有仙蹤更可尋。
>
> 青鳥去時雲路斷，姮娥歸處月宮深。
>
> 紗窗遙想春相憶，書幌誰憐夜獨吟。
>
> 料得夜來天上鏡，只應偏照兩人心。（卷三六一，頁 4081）

詩人此處以月來連繫兩人日夜想念的心，而以月中嫦娥來比況他思念

的對象。劉禹錫或許是久未收到佳人的訊息了。希望之所繫的傳信差使——青鳥〔註2〕，已消失在雲的盡頭，而月中的嫦娥亦在詩人的望穿秋水中，步入深深宮院。兩人相隔地如此遙遠，孤單的身影此刻有誰憐惜呢？詩人抱著滿懷希望，料想高掛空中的明月，應該偏照兩人寂寞的心吧！是詩人的自我安慰，也是他對兩情相繫的渴求。

此外，李白在去朝之後所作的一首「贈參寥子」則表達了對朋友的想念：

> 白鶴飛天書，南荊訪高士。五雲在岷山，果得參寥子。
> 骯髒辭故園，昂藏入君門。天子分玉帛，百官接話言。
> 毫墨時灑落，探玄有奇作。著論窮天人，千春秘麟閣。
> 長揖不受官，拂衣歸林巒。余亦去金馬，藤蘿同所歡。
> 相思在何處，桂樹青雲端。（卷一六八，頁1737）

參寥子是當時一名逸士，李白對這位朋友懷著無限的景仰。因此，第五至十四句都在舖寫這位逸者的卓異行徑，想到他「長揖不受官，拂衣歸山巒。」更令李白心儀，末四句，詩人則道出自己也離開朝廷，可以和參寥子同享林隱之趣了。最後，李白點出對參寥子的思念之意——「相思在何處，桂樹青雲端。」在強烈懷友的心態下，李白以雲端月桂來寄寓這份思念之情，而且，透過月桂本身的意涵，還同時說明了友人操守的高潔。

除此，當詩人運用月神話以表達依依的離情時，則大多運用了月桂神話。此處需說明的是：在六朝時，已有「折桂送別」的觀念；六朝詩中，便有幾首詩以青青桂樹作為離別紀念之物。如南朝梁范雲「送沈記室夜別」詩中即有：「寒枝寧共採，霜猿行獨聞。捫蘿正憶我，折桂方思君。」之句。此外，他的另一首「別詩」中，亦以「折桂衡山北，摘蘭沅水東。蘭摘心焉寄，桂折意誰通。」句來表陳心中離別

---

〔註2〕青鳥，西王母所使鳥也。《山海經》有三處談及此鳥。海內北經：「三青鳥為西王母取食。」西次三經：「三危之山，三青鳥居之。」大荒西經：「有三青鳥，赤首黑目，一名曰大鶩，一名少鶩，一名曰青鳥。」而後，即傳婦女傳信使者為「青鳥」。

思念的情意。彼時，尚未有將人間青桂與月桂神話聯想在一起記述思念的詩。唯到了唐朝，才運用了月桂神話而將此聯想的輻度擴大。如皎然的一首「裴端公使君清席賦得青桂歌送徐長史」：

> 昔年攀桂爲留人，今朝攀桂送歸客。
> 秋風桃李搖落盡，爲君青青伴松柏。
> 謝公南樓送客還，高歌桂樹凌寒山。
> 應憐獨秀空林上，空賞敷華積雪間。
> 昨夜一枝生在月，嬋娟可望不可折。
> 若爲天上堪贈行，徒使亭亭照離別。（卷八二一，頁 9258）

這首詩，皎然全用「桂」來貫串。從留人到送客漸近地描寫。以今昔異景作開首。秋冬時分，草木都凋零了，只有青青桂樹爲友陪伴松柏。此處詩人用當年謝朓南樓送客之事，並歌頌桂樹能耐霜寒的卓然挺立，仍能在皚皚白雪中，一展秀華的風姿。昨夜那在月中的亭亭桂樹，皎好的姿態，卻只教人可望不可折，詩人禁不住地癡想：若是月桂能堪予贈行，也只是徒然地隨著明月映照著我倆的離別吧！皎然巧妙地運用了折桂送別並結合了月桂不可及，與月本身和人同行的意象特性，使得詩中透露出依依不捨的感情，與對離別在卽的莫可奈何，相當生動。

又如唐末詩人李群玉的「初月」二首之一：

> 灔灔流光淺，娟娟汎露輕。雲間龍爪落，簾上玉鉤明。
> 桂樹枝猶小，仙人影未成。欲爲千里別，倚幌獨含情。（卷
> 五六九，頁 6585）

這首詩寫得很含蓄有情，一彎新月如玉鉤般地斜掛空中，清清淺淺地微放著光芒，詩人想著：月桂樹枝仍小，應還沒長成吧！？此處詩人運用了「猶小」「未成」字眼，是新月如鉤之形賦予的想像，同時也暗示了詩人希望離別時刻猶未到之意。

綜觀唐詩人運用月神話寄情相思離別，多是圍繞在因望月而懷人的基點上。相對於唐以前來看，可謂已多角度地用豐富的感情孳乳了月神話世界。同時，月神話也在唐詩人如此的創作心態下，緊密地融

入詩中，爲離別寄情開拓一片寫作的新天地。

## 第二節　感懷時間生命

當人類在遠古時期，懂得分辨過去、現在、未來，懂得死亡概念的時候，便與這個不具形，卻又時時存在不離的「時間」，發生了深切的關係。無論是在古今歷史的洪流裡，或是個人一生的短暫生命中，時間之流的搖盪、變動與起伏〔註3〕，常使得人在其中，有種隱然深刻的不安之感，這種不安之感，人們常藉由宗教天堂（Paradise）或神話來得到滿足，又或透過文學創作來抒發。在中國詩中，卽常見詩人對時間展現了相當的敏感度。劉若愚對此說得好：

> 大部份中國詩展示出敏銳的時間意識，且表現出對時間一去不回的哀嘆。……哀悼春去秋來或者憂懼老之將至的中國詩不可勝數。春天的落花，秋天的枯葉，夕陽的餘暉———這些莫不使敏感的中國詩人想到「時間的飛車」（"Time's winged chariot"），而且引起對自己的青春不再以及老年和死之來臨的憂傷。〔註4〕

因此，除了少數人能像陶潛一樣以過去的時間（秦朝）爲基，來架構一「世外桃源」外，大部份的中國詩人對過去的時光，是常感到哀傷與悲觀的，並且，對生命有種無可奈何之感。日人吉川幸次郎以爲：如此的情感卽已潛在於先秦以來的詩歌，而於古詩十九首中，成一明顯的主題典型。他以「推移的悲哀」來指陳此因意識到時間的流動變遷，而產生的哀傷〔註5〕。此一典型，歷經漢魏六朝，到了唐朝顯得更爲深刻而豐富。而月神話中所具有的不死、再生的原始意義，又正可契合如此的意涵。因此，唐詩人便廣爲運用月神話，以表露出他們

〔註3〕《論語》陽貨篇的「四時行焉」，《莊子》秋水篇的「年不可舉，時不可止。」均揭示了時間是一恆常、不止的動態存在。

〔註4〕劉若愚著，杜國清譯《中國詩學》，頁78。

〔註5〕參閱吉川幸次郎著「推移的悲哀——古詩十九首的主題（上、下）」，鄭清茂譯，《中外文學》六卷四、五期。

對時間、生命等的種種感懷。

　　人生天地間，確如滄海之一粟，面對浩瀚的穹蒼及永恆的時間瀚流，詩人常心生無限的感嘆。陳子昂「前不見古人，後不見來者。念天地之悠悠，獨愴然而涕下。」（「登幽州臺歌」）的喟嘆，即將這種意識到個人生命的孤寂，悲壯地道出。唐詩人即在此心境背景下，運用月神話來表析自我的感懷。

　　且看李白的「把酒問月」：

> 青天有月來幾時，我今停杯一問之。
> 人攀明月不可得，月行卻與人相隨。
> 皎如飛鏡臨丹闕，綠煙滅盡清輝發。
> 但見宵從海上來，寧知曉向雲間沒。
> 白兔擣藥秋復春，嫦娥孤棲與誰鄰。
> 今人不見古時月，今月曾經照古人。
> 古人今人若流水，共看明月皆如此。
> 唯願當歌對酒時，月光長照金樽裡。（卷一七九，頁 1827）

李白這首詩，主要架構在個人與宇宙這兩個支點上，表述個人有限的生命，在相對於宇宙千古不易的運行律則時，所興發的感慨。全首以其中的「白兔擣藥秋復春，嫦娥孤棲與誰鄰。」貫串前後意義。首先，李白以輕鬆的筆調，提出了一嚴肅的問題：究竟每晚高掛天空，與人形影不離的明月，何時出現的呢？如此一問，將人帶入了亙古時空的哲思中。當人與橫跨時空的永恆物相對時，是永遠無法企及的，那皎潔如鏡的明月〔註6〕，人只能遠觀罷了。詩人心中，此刻充滿了永恆與孤獨情緒的翻攪，而在月神話──白兔擣藥的永恆不止與嫦娥的孤寂中，得到一種相對的寄託與滿足。自此，李白心中全然了悟，既然生命是有限的，那麼永恆與孤寂也會永遠相對而存在，且讓物我相忘於永恆中，盡情恣意於當下的寶貴時刻吧！

　　又如李白的另一首「擬古」：

---

〔註6〕早在劉宋謝莊的「月賦」中，便以「圓靈水鏡」來比喻明月了。

> 生者爲過客，死者爲歸人。天地一逆旅，同悲萬古塵。
>
> 月兔空擣藥，扶桑已成薪。白骨寂無言，青松豈知春。
>
> 前後更嘆息，浮榮安足珍。（卷一八三，頁1862）

這一首，李白轉從人的生死大限上著眼，以透視人在世的生命。首先
便云：「生者爲過客，死者爲歸人。」〔註7〕，在天地間，人短暫的生
命，只不過像客居的旅人罷了！月兔的擣藥只是徒然，東海的聖木扶
桑〔註8〕，也終會變成薪柴，所有的一切，終會成爲過去。詩人在此，
似乎已看盡了世上的浮榮虛華，神話中的不死永恆，也變成詩人心中
質疑否定的對象，人生在世，瞬乎卽逝，僅徒留一堆白骨而已。李白
以善感的心，道出對生命寄居世上的感嘆。藉由月神話的運用，更强
化了這樣的心理。

而向有鬼才之稱的李賀，在「夢天」詩中，則經由夢入月宮，運
用月神話架構一化外世界，道出他對無垠空間與瞬逝時間的感懷。

> 老兔寒蟾泣天色，雲樓半開壁斜白。
>
> 玉輪軋露濕團光，鸞珮相逢桂香陌。
>
> 黃塵清水三山下，更變千年如走馬。
>
> 遙望齊州九點煙，一泓海水杯中瀉。（卷三九〇，頁4396）

才氣橫溢、冥心孤詣的李賀，在此詩的前半部，描寫他想像夢見的月
宮情景：月明如水的天色，就宛如是被兔蟾所泣成的一般，而月中的
瓊樓玉宇亦半敞著門，到處充滿了滴滴的露珠。此處描繪的月中情
景，充滿了陰寒濕冷的感受，如此想像的情形在唐朝非常普遍。月宮
還有「廣寒宮」之稱流傳，托名柳宗元作的《龍城錄》，卽傳載了玄

---

〔註7〕 《列子》天瑞篇卽言：「古者謂死人爲歸人。夫言死人爲歸人，則生
人爲行人矣。」

〔註8〕 《楚辭》九歌：「暾將出兮東方，照吾檻兮扶桑。」王逸注：「謂日
始出東方，其容暾暾而盛大也……東方有扶桑之木，其高萬仞，
日出，下浴于湯谷，上拂其扶桑，爰始而登，照曜四方。」由於桑
是一種高大的喬木，也由於它有養蠶治絲，結生桑椹的功能，因此，
在古代被認爲是具有神秘力量的神話意義。參見王孝廉著《花與花
神》，頁116。

宗與天師道士遊月宮：

> 寒氣逼人，露濡衣袖皆涇，頃見一大宮府榜曰：「廣寒清虛
> 之府」。

唐鄭綮《開天傳信記》亦載玄宗遊月宮事：

> 吾（唐玄宗）昨夜夢遊月宮，諸僊娛予以上清之樂，寥亮
> 清越，殆非人間所聞也。

李賀在詩中並接著敘述了他在桂花飄香的小徑上，遇到鸞珮叮叮的月中女神。在這一片永恆的化外天地中，當詩人俯視塵間人世，便彷彿看盡了變幻如走馬的千年時光，而那廣袤的中國大地（齊州），卻小得如九點煙塵（傳說中國古代分九州），浩瀚的海洋亦小得如杯中輕瀉流出的一泓水。李賀以奇思異想，從月神話世界的角度，點出了人類所居世界的渺小與人類歷史的短暫。

晚唐落魄而有不羈之才的李山甫，則在「月」詩中，微妙地運用月神話抒陳心中對生命流逝的抑鬱：

> 狡兔頑蟾死復生，度雲經漢澹還明。
> 夜長雖耐對君坐，年少不禁隨爾行。
> 玉桂影搖烏鵲動，金波寒注鬼神驚。
> 人間半被虛拋擲，唯向孤吟客有情。（卷六四三，頁 7361）

起首詩人便運用了「狡」兔「頑」蟾的死而復生，來披露心中對明月能由缺至圓、周而復始的頑強生命力的嫉羨。接著第三聯「玉桂影搖烏鵲動，金波寒注鬼神驚。」又以月中桂影搖晃與日中烏鳥飛動，來生動地形容時光飛快地流逝，連鬼神都要為之一驚的情景。這兩聯詩句，分別興發了二、四聯詩人的表白：年少時光就在如此的不覺中遁去，在髮蒼齒搖之時，僅徒留月我相對無言的吟嘆！

除此，唐詩人更藉由月神話以滿足心中對長生不死的幻想。如呂巖的「七言」：

> 欲陪仙侶得身輕，飛過蓬萊徹上清。
> 朱頂鶴來雲外接，紫鱗魚向海中迎。
> 姮娥月桂花先吐，王母仙桃子漸成。

下瞰日輪天欲曉，定知人世久長生。（卷八五七，頁 9687）

這首詩顯見已沾染了極重的仙道氣氛。由於唐末詩人呂巖本有栖隱之心，好神仙雲遊之事，再加以彼時仙道的極度盛行〔註9〕，使得詩人結合了月神話中永恆不死的原始象徵意義，與仙道中對長生的基本訴求，而騁想像之能，神遊物外，建構一逍遙安適的樂土，以安頓他欲求長生的想望。另又如杜甫「月」詩中的：

入河蟾不沒，搗藥兔長生。（卷二二五，頁 2407）

及薛曜「子夜多歌」裏的：

借問月中人，安得長不老。（卷八〇，頁 869）

均同是在感受到自己生命短暫的心態下，表陳了對月神話世界中得以長生的崇想。另皎然「雜興」中的：

月中伐桂人是誰，翻使年年不衰老。（卷八二〇，頁 9252）

也是強調了如此的心情，他運用了月神話中的「吳剛伐桂」，以詢問的語氣，說明心中對月桂生生不息生命的嚮往。此處可注意的是，唐詩人運用「伐桂」神話的並不多，全唐詩中僅見三首〔註10〕，且均為中晚唐詩人的作品。這則「伐桂」神話資料，在現存古籍中，所見最早記載於唐段成式《酉陽雜俎》的天咫篇：

舊言月中有桂，有蟾蜍，故異書言月桂高五百丈，下有一人常斫之，樹創隨合。人姓吳名剛。西河人，學仙有過，謫令伐樹。

在不見於唐以前的典籍記載，及唐詩中運用之例少的情形看來，這則帶有仙道色彩的伐桂神話（由「學仙有過」可知）〔註11〕，應當到了

---

〔註9〕唐朝社會或文學沾染了仙道色彩，主要和唐朝的當政者為鞏固李氏皇族之政基，奉老子為先祖，立道基，提高道教地位有密切的關係。到了唐末，道風更熾，據趙翼《廿二史劄記》卷十九「唐諸帝多餌丹藥」條云：「統計唐代服丹藥者六君：穆敬昏愚，其被惑固無足怪。太、憲、武、宣皆英主，何為甘以身殉之，實由貪生之心太甚，而轉以速其死耳。」可見鍊丹、修仙學道，早已上下披靡了整個大唐王朝，此中，希冀長生，得不壞真身，是其最主要的訴求。

〔註10〕另外兩首是李賀「李憑箜篌引」以及李商隱的「同學彭道士參寥」。

〔註11〕「吳剛伐桂」此處仍看作月神話，而不歸為仙道傳說，最主要的是

中晚唐以後才漸漸流傳開來。

因著感懷人世生命的短暫，若遇有長壽之人，便援引月神話來加以祝福，如牟融「贈浙西李相公」詩中的：

> 月裏昔曾分兔藥，人間今喜得椿年。（卷四六七，頁5315）

而若因生命的凋零而作的喪逝挽歌，唐詩人亦會從另一角度運用月神話：

## 一、藉由「月桂」的花落來暗示

如李商隱的「昨夜」：

> 不辭鶗鴂妒年芳，但惜流塵暗燭房。
> 昨夜西池涼露滿，桂花吹斷月中香。（卷五四○，頁6198）

這是義山一首沈痛的悼亡詩。前兩句卽言其失意喪偶的悲傷，後兩句則藉由淒涼的景色，來暗示他悽愴的感情。末句「桂花吹斷月中香」中，卽以「桂落香消」來表陳，尤其用一「斷」字，更吐露了他傷逝的悲楚，抑鬱的苦痛充塞胸中。以下三例，也是同樣的抒陳心態：

> 翩聯桂花墜秋月，孤鸞驚啼商絲發。（李賀「李夫人歌」·卷三
> 九○，頁4400）
> 月中桂樹落一枝，池上鶄鶒唳孤影。（顧況「瑤草春」·卷二六
> 五，頁2945）
> 月邊丹桂落，風底白楊悲。（顧況「義川公主挽詞」·卷二六六，
> 頁2956）

## 二、藉由「嫦娥」的隱去（月的消失）或奔月來暗示

如韋莊的「悼亡姬」：

> 鳳去鸞歸不可攀，十洲仙路彩雲深。

---

因為他砍月桂樹，如夸父逐日般地鍥而不捨為達一渺茫目標，為命運、為永恆，作一種抗爭性努力的精神，實已屬神話的範圍了，這也是神話研究者，以「吳剛伐桂」神話與希臘神話中薛西弗斯（Sisyphus）永不停息推巨石上山，巨石又滾落下來的神話，作一比較研究的原因。有關薛西弗斯的神話故事，可參閱《希臘羅馬神話詞典》，頁330～331（此文之Sisyphus的中譯名為「西敍福斯」）以及卡繆（A. Camus）著，張漢良譯《薛西弗斯的神話》。

　　若無少女花應老，爲有姮娥月易沈。

　　竹葉豈能消積恨，丁香空解結同心。

　　湘江水闊蒼梧遠，何處相思弄舜琴。（卷七○○，頁8045）

韋莊在詩中悼念一位年輕卻已故逝的佳人，運用了「姮娥月沈」來說明她已離開人間。仙去之佳人已不再返，僅徒留詩人滿腹的幽怨與相思。此外，又如薛能「恭禧皇太后挽歌詞」三首之一中的：

　　月落娥兼隱，宮空后豈還。（卷五五八，頁6472）

及韓愈「梁國惠康公主挽歌」中：

　　佩蘭初應夢，奔月竟淪輝。（卷三四三，頁3843）

均是此運用心理的說明。

　　而感懷時光的飛逝，唐詩人也多透過月神話來抒陳。如李商隱的「寄遠」：

　　姮娥擣藥無時已，玉女投壺未肯休。

　　何日桑田俱變了，不教伊水向東流。（卷五四○，頁6209）

這首詩的寄喻，雖然有不同的說法〔註12〕，不過，感嘆時光飛逝的基本情懷是可確定的。首句的「姮娥擣藥」變換了原來「月兔擣藥」的神話內容，而有新的組合，此並無特殊涵義，主要爲了和下句「玉女投壺」〔註13〕相對，造成詩中的藝術效果。姮娥爲了不死藥，無時無刻不在擣著，而玉女爲了不使老天開笑生電，亦在拼命地投壺，這兩句強調了時光汨汨不止地流去，而永無靜止的時刻。

　　義山的另一首「一片」：

　　榆莢散來星斗轉，桂花尋去月輪移。

───────────

〔註12〕清人馮浩於《玉谿生詩詳註》卷三以爲「淺言之則爲艷情，……深言之則爲令狐而作。」而葉蔥奇在《李商隱詩集疏注》卷中，則以爲「這當是在徐幕時家之作。……他那時家住洛陽，東下就幕徐州，所以說『不教伊水向東流』當時王氏久病，正日贏弱，所以詩人情懷如此懊悶。」由於詩題言「寄遠」，可知此詩乃寄寓之作當無誤，姑不論此二說之短長，且並存以參之。

〔註13〕此「玉女投壺」的神話，見《神異經》東荒經所述：「東荒山中有大石室，東王公居焉。……恆與一玉女投壺，每投千二百矯。設有人不出者，天爲之嚔噓；矯出而脫誤不接者，天爲之笑。」

　　人間桑海朝朝變，莫遣佳期更後期。（卷五三九，頁 6173）
也是說明時光流變，滄海桑田的無限感懷。此處詩人選取與月桂並列
的「榆莢」，最早是見於古樂府歌辭「隴西行」：
　　天上何所有？歷歷種白榆。（《樂府詩集》卷三七相和歌辭十二）
爾後，便有栽種於星辰中的白榆之說。榆莢散來、桂花凋零，都是時
光推移的表徵，雙重摹寫，以強化詩人對時光流逝的感受。

　　此外，更常見詩人運用了月兔和日烏，來引發心中對時光的觀
感。如司空圖的「雜言」：
　　烏飛飛，兔趹趹，朝來暮去驅時節。
　　女媧祇解補青天，不解煎膠黏日月。（卷六三二，頁 7248）
這首詩運用了日神話——烏，與月神話——兔的動態特性，突顯了時
光飛逝之速，同時也運用了「女媧煉石補天」的神話〔註14〕，由「不
解煎膠黏日月」中，發出了詩人對時光流逝的無奈之感，相當地生動。
這樣的詩不勝枚舉，如徐仲雅的「贈江處士」：
　　金烏兼玉兔，年幾奈公何。（卷七六二，頁 8650）
杜荀鶴「與友人話別」：
　　月兔走入海，日烏飛出山。
　　流年留不得，半在別離間。（卷六九一，頁 7932）
及蘇拯「世途」的：
　　烏兔日夜行，與人運枯榮。……
　　我願造化手，莫放狐兔走。……（卷七一八，頁 8252）
均是其例。

　　由上可見，唐詩人在披陳有關時間、生命的感懷上，展現了相當
豐富多樣的面貌，對月神話的運用，更有十分靈活貼切的表現。這除
了奠基於中國詩人對時間、永恆的特別感觸外，更主要的是詩人發揮

---

〔註14〕《淮南子》覽冥訓云：「往古之時，四極廢，九州裂，天不兼覆，地
　　　　不周載，火爁焱而不滅，水浩洋而不息，猛獸食顓民，鷙鳥攫老弱。
　　　　於是女媧煉五色石以補蒼天，斷鰲足以立四極，殺黑龍以濟冀州，
　　　　積蘆灰以止淫水。」

了月神話的象徵意義，而能作更多的想像與投射，這也可說是「不死」的月神話意義和唐詩人們潛意識的渴望，產生了一個冥合。嫦娥、月兔搗藥和月桂是運用得較頻繁的。只有蟾蜍，在這一子題的諸般運用中，並不具重要的地位，蟾蜍長壽的神話象徵意義，已不見於唐詩人的運用。唐詩人對它的運用，往往是在另一種心理背景及特別目的下的展現，關於此，將留待下一節作說明。

## 第三節　譏諷政治宮廷

唐以前的蟾蜍神話象徵，主要有長生、繁殖和蝕月的解釋意義。然而，唐詩人對它別出心裁的運用，則多半著重在它「蝕月」的這個神話特點上，反映出此運用的心理因素，主要和政治有關，而這得從中國政治發展的背景談起。

由於在上古社會中，人類對外在天災的驚懼，於是便產生原始的宗教祭祀以祈福消災。中國文化自上古至周代，歷史久遠，文化制度早已有高度的發展。在宗教與政治的逐漸結合下，國君除了是治理百姓的政治領袖外，更要意識到天帝使者的身份，戒慎恐懼地克己修德。彼時，除了朝政外，帶領百官祭祀便成為重要的政治活動，而祭日月更為其中的主要項目之一。因此，若發生政事的衰亡、國君的荒淫、或后妃的失德現象時，人們便常將之與日月食的現象作一聯結與比附。如《詩經》小雅「十月之交」：

> 十月之交，朔月辛卯，日有食之，亦孔之醜。彼月而微，
> 此日而微，今此下民，亦孔之哀。日月告凶，不用其行，
> 四國無政，不用其良。彼月而食，則維其常，此日而食，
> 于何不臧。

即以日月食諷刺了幽王的政事廢弛不彰。另如有豐富災異說的《左傳》更於昭公七年下云：

> 國無政，不用善，則自取謫于日月之災，故政不可不慎也。

此說對兩漢影響極為深遠。在災異符命、陰陽讖緯之說盛行的兩漢，

此已進而成為政治運用的一個相當重要的手段〔註15〕。如《漢書》卷四文帝紀第四的一紙詔書上卽云：

> 朕聞之，天生民，爲之置君以養治之。人主不德，布政不
> 均，則天下之災以戒不治。乃十一月晦，日有食之，適見
> 於天，災孰大焉。

　　因此，月蝕現象與政治間，會有如此不可分的詮解關係，便可從如此延續下來的人文背景中，得一了解。故而，當君王或宮廷之中，清明不再時，詩人便會運用那可怖的蟾蜍蝕去皎潔明月的神話，以抒陳詩人心中對君王或宮廷政治等的慨嘆與譏諷。

　　自來君王身旁后妃女眷的爭寵，甚至因后妃得寵而引入的外戚干政，常是憂心國事，對政治有理想抱負詩人的關心對象。尤其，在大唐帝國，自玄宗初期的勵精圖治，把唐推向盛世顛峯。到他日漸沈迷聲色，聽信小人，而致國勢日頹的情況，更使詩人痛心地透過詩篇，透過月蝕神話的運用來暗示譏刺。如李白的一首「古風」：

> 蟾蜍薄太清，蝕此瑤臺月。圓光虧中天，金魄遂淪沒。
> 蠕蝀入紫微，大明夷朝暉。浮雲隔兩曜，萬象昏陰霏。
> 蕭蕭長門宮，昔是今已非。桂蠹花不實，天霜下嚴威。
> 沈歎終永夕，感我涕沾衣。（卷一六一，頁1671）

這首詩通篇以隱語呈現，主要是指玄宗時的武惠妃受寵，而王皇后被廢的事〔註16〕。起首便以「蟾蜍薄太清，蝕此瑤臺月。」開始步步地逼進描寫：天上的一片清光消失，而象徵大帝之座，天子常居的「紫微宮」〔註17〕，也已被淫邪之氣所侵入，宇宙天地間，瀰漫著昏暗、

---

〔註15〕關於此可參閱 Wolfram Eberhard 著，劉紉尼譯「漢代天文學與天文學家的政治功能」一文。有相當深入的剖析。此文收錄於中國思想研究委員會（The Committee on Chinese Thought）編，段昌國等譯《中國思想與制度論集》。

〔註16〕沈德潛於《唐詩別裁》中卽注此詩云：「意指武惠妃有寵，王皇后見廢而作，通體皆作隱語。」

〔註17〕李善《文選》注七略曰：「王者師天體地而行，是以明堂之制，內有太室象紫微宮，南出明堂象太微。」

陰霾之氣。前八句生動地摹寫，隱隱暗伏了詩後半部所欲指陳的事。
「蕭蕭長門宮，昔是今已非。」——李白藉著漢武帝時，陳皇后（小
名阿嬌）的孤居長門宮，比陳玄宗時王皇后的景況。根據《漢書》外
戚傳所記〔註18〕，可知漢時的陳皇后，雖曾得蒙寵幸十餘年，然而，
因無子及對新寵妃子的嫉害，終難逃被打入冷宮的噩運。而玄宗時的
王皇后，被廢之近因固然爲其兄守一的「符厭之事」〔註19〕，但皇后
的無子及武惠妃的得寵，卻是個重要因素，由《新唐書》卷六七玄宗
皇后王氏傳：

> 先天元年立爲皇后，久無子。而武妃稍有寵，后不平，顯
> 詆之。

及《資治通鑑》卷二一二唐紀二八玄宗開元十年八月條云：

> 初上之諸韋氏也，王皇后頗預密謀。及卽位數年，色衰愛
> 弛。武惠妃有寵，陰懷傾奪之志，后心不平，時對上有不
> 遜語，上愈不悅，密與秘書監姜皎謀以后無子廢之。

便知由於此雙重因素，使得王皇后終被廢爲庶人。然因在玄宗朝上，
多有早年參預斬除韋、武的功臣，因此，朝臣對出身武家的武惠妃頗
有嫌隙。是以，唐王皇后之被廢，其中的複雜性及因此事引起的朝廷
的反對力量〔註20〕，較漢時陳皇后實有過之。故而李白在詩中，才會
藉由月蝕神話來譏諷，而將「惡紫之奪朱」、清明之象淪喪的慨痛之
情，隱微道出。

---

〔註18〕《漢書》外戚傳第六十七上記爲：「孝武陳皇后，長公主嫖女也。……
　　　　初，武帝得立爲太子，長主有力，取主女爲妃。及帝卽位，立爲皇
　　　　后，擅寵驕貴，十餘年而無子，聞衛子夫得幸，幾死者數焉。上愈
　　　　怒。……使有司賜皇后策曰：『皇后失序，惑於巫祝，不可以承天命。
　　　　其上璽綬，罷退居長門宮。』」

〔註19〕由於王守一因其妹無子，而懼有廢立之事，所以，便導以符驗之事，
　　　　使「左道僧明悟爲祭南北斗，刻霹靂書天地字及上諱，合而佩之，
　　　　且祝曰：『佩此有子，當與則天皇后爲比。』」玄宗怒而殺王守一，
　　　　廢王皇后。此事見載於《舊唐書》卷五十一列傳第一后妃上。

〔註20〕《新唐書》卷七六列傳第一后妃上卽載：「當時王諲作翠羽帳賦諷
　　　　帝。」

　　李白的另一首「古朗月行」，則是針對楊貴妃而發。對玄宗的沈迷聲色以及朝政的腐敗，表示了他的憂慮與沈痛：

　　　　小時不識月，呼作白玉盤。又疑瑤臺鏡，飛在白雲端。
　　　　仙人垂兩足，桂樹作團團。白兔擣藥成，問言與誰餐。
　　　　蟾蜍蝕圓影，大明夜已殘。羿昔落九鳥，天人清且安。
　　　　陰精此淪惑，去去不足觀。憂來其如何，悽愴摧心肝。（卷
　　　　一六三，頁 1695）

陳沆於《詩比興箋》卷三即針對此詩云：

　　　　憂祿山將叛時作。月后象，日君象。祿山之禍兆於女寵，
　　　　故言蟾蜍蝕月明，以喻宮闈之蠱惑，……則以皇本英明之
　　　　辟，若非沈溺色荒，何以安危樂亡而不悟邪？

李白這首詩，依然以「蟾蜍蝕月」為主要運用基點，而參以其他的月神話要素突顯月中世界。首先呈現了月中平和、悠閒的景象。一輪皎月，就如雲端的瑤臺鏡〔註21〕，其中充滿的是寧靜與祥和，但這些卻因蟾蜍的出現而打破。它蝕去了圓圓團團的皎月，李白在此以羿射九鳥拯救大地的日神話，來作一對比描寫，痛心地指出：月之殘缺，有誰可挽救呢？君王的沈迷貴妃，有誰可勸醒呢？最後，李白將己欲離去不顧，然心中又悲愴難抑的憂慮矛盾之情表出。由於當時「開元全盛日」已成過去，而玄宗又已變得驕逸自滿，一味地沈溺聲色，有禍降臨（安祿山將叛）卻不自知。李白在宮中，以一介「辭臣」的身份〔註22〕，在意見無法上達，宮中又充斥著讒邪之氣的情形下，只得訴請離宮。在李白離宮之後，卻仍對玄宗懷著深厚的眷戀之情，在其「觀胡人吹笛」一詩中即云「愁聞出塞曲，淚滿逐臣纓。卻望長安道，空懷戀主情。」了解了李白對玄宗、對大唐之情，便能感受到其何以會

---

〔註21〕「瑤臺」是傳說神仙居住的地方，李白另一首「清平調」其一亦同
　　　　樣用此詞：「雲想衣裳花想容，春風拂檻露華濃，若非群玉山頭見，
　　　　會向瑤臺月下逢。」另又以鏡比明月。結合「瑤臺」與「鏡」此二
　　　　詞，把月之晶瑩剔透，遙不可及的意象表出。
〔註22〕李白「化城寺大鐘銘」：「白昔忝侍從，備於辭臣。」見《李太白全
　　　　集》卷二九。

對楊貴妃的誤君，那般地痛恨了。

除此，盧仝的「月蝕詩」和韓愈的「月蝕詩效玉川子作」則更擴大了對月神話的運用，表現了極為強烈的情緒，現就詩人的創作心理及詩旨作一探討說明。

盧仝，又號玉川子，是一秉性清介之人〔註23〕，他在憲宗元和年間，作了這首「月蝕詩」，全首以文入詩，共長達一千六百餘字。這首詩的詩旨，《新唐書》卷一七六列傳第一○一云其為「譏切元和逆黨而作。」然觀盧仝詩作於元和五年，及元和逆黨為禍、憲宗遇害在元和十五年的時間看來，「譏切元和逆黨」的說法是不正確的。因此，歷來多有探究其詩旨者，主要可歸納為兩種說法：

一、以為嫉宦官蔽明之作

如何焯《義門讀書記》卷三十云：

> 是年吐突承璀討成德，無功而還，憲宗不加誅竄，此詩蓋嫉宦官之蔽明耳。

二、以為因叛逆王承宗拒命並殺將帥酈定進以蔽上之作

如方世舉《韓昌黎詩集編年箋注》云〔註24〕：

> 按盧詩「恒州陣斬酈定進」，酈定進者，討王承宗之神策將。承宗拒命，帝遣中人吐突承璀將左右神策帥討之，承璀無威略，師不振，神策將酈定進及戰北馳而僨，趙人害之。是則承宗抗師殺將，逆莫大矣。……史書酈定進死在元和五年，……時事正合。

此二說雖言之成理，然依詩中「恒州陣斬酈定進」的字眼，及作於「新天子即位五年」與酈定進死於元和五年，時間上的相吻合看來，此詩當是針對天子近臣竟被叛逆所殺之事而發的。

盧仝「月蝕詩」就內容意義來說，可概分為四段。首先云在天子

---

〔註23〕元辛文房《唐才子傳》卷五記盧仝為「家甚貧，惟圖書堆積，……朝廷知其清介之節，凡兩備禮徵為諫議大夫，不起。」

〔註24〕方世舉《韓昌黎詩集編年箋注》於臺灣有目無書，恐已遺失，故今乃依錢仲聯編《韓昌黎詩繫年集釋》卷七，頁 748 所引。

即位五年八月十五夜時，月被一怪物蝦蟆所蝕。二段表白作者欲救之
心。三段述恒州事。四段言月蝕已過，再得清明。現就四段節錄重點
如下：

新天子即位五年。歲次庚寅……八月十五夜。比並不可雙。
此時怪事發。有物吞食來。輪如壯士斧斫壞。桂似雪山風
拉摧。……不料至神物。有此大狼狽……今夜吐燄長如虹。
孔隙千道射戶外。玉川子。涕泗下。中庭獨自行。念此日
月者。太陰太陽精。皇天要識物。日月乃化生。走天汲汲
勞四體。與天作眼行光明。此眼不自保。天公行道何由
行。……傳聞古老說。蝕月蝦蟆精。徑圓千里入汝腹。汝
此癡骸阿誰生。可從海窟來。便解緣青冥。恐是睚睫間。
搌塞所化成。黃帝有二目。帝舜重瞳明。二帝懸四目。四
海生光輝。吾不遇二帝。溷溝不可知。何故瞳子上。坐受
蟲豸欺。長嗟白兔擣靈藥。恰似有意防姦非。藥成滿白不
中度。委任白兔夫何為。憶昔堯為天。十日燒九州……帝
見堯心憂。勃然發怒決洪流。立擬沃殺九日妖……不獨填
飢坑。亦解堯心憂。恨汝時當食。藏頭擻腦不肯食。不當
食。張脣哆嘴食不休。食天之眼養逆命。安得上帝請汝劉。
嗚呼。人養虎。被虎齧。天媚蠆。被蠆瞎。乃知恩非類。
一一自作孽。……安得常娥氏。來昔扁鵲術。手操舂喉戈。
去此晴上物。……但恐功業成。便此不吐出。
玉川子又涕泗下。……臣心有鐵一寸。可剗妖蠆癡腸。上
天不為臣立梯磴。臣血肉身。無由飛上天。揚天光。……
奏上臣仝碩愚胸。敢死橫干天。代天謀其長。東方蒼龍角。
插戟尾掉風。……月蝕不救援。安用東方龍。……
月明無罪過。不糾蝕月蟲。年年十月朝太微。支盧譴罰何
災凶。……太白真將軍。怒激鋒鋩生。恒州陣斬酈定進。
項骨脰甚春蔓菁。天唯兩眼失一眼。將軍何處行天兵……
玉川子詞訖。風色緊格格。近月黑暗邊。有似動劍戟。須
臾癡蠆精。兩吻自決坼。初露半簡璧。漸吐滿輪魄。眾星
盡原赦。一蠆獨誅磔。腹肚忽脫落。依舊挂穹碧。……日

分晝。月分夜。辨寒暑。一主刑。二主德。政乃舉。孰爲
人面上。一目偏可去。願天完兩目。照下萬方土。萬古更
不瞽。萬萬古。更不瞽。照萬古。（卷三八七，頁 4364）

作者首先鋪寫蝦蟇蝕月，這一情景仿如一大災難的來臨，月中桂已被
摧毀，貪心的怪物把千里之圓的明月納入腹中。詩人不禁感嘆：月兎
所擣的靈藥當可防止月的被蝕、月的死亡吧？否則，派給月兎的這份
工作，又有何用呢？此處暗藏一很吊詭的諷刺——月兎的擣不死藥，
竟不能救月的喪亡。詩人不禁思及：在十日爲患時，堯卽能立意下令
除去九妖，可憐這天上二目（日、月）之一的明月，卻任此被蝕的慘
狀發生，嫦娥此時若習得扁鵲醫術，便可去此爲患的怪物了。只是唯
恐醫好之後，蝦蟇吞月而不還原了。這一段作者極盡想像之能事，詭
異的形容，參差的句法，帶起詩中起伏跌宕的語氣，突破了詩法形式
上的限制。因此，作者的心意，卽在這字句的鋪陳與磅礴九轉的氣勢
中，透顯出來。

在月蝕如此危急的情況下，盧仝便欲挺身而出了。所以，他乃激
動地諫言「玉川子又涕泗下。……臣心有鐵一寸。可剮妖蟇癡腸。」
可惜天地之隔，終難上達。而在現實中的盧仝，雖關心政治，然因秉
性之清介，卻又不願置身此複雜濁流中〔註25〕。反映在詩中，他便想
央請東方蒼龍、南方火鳥來幫忙（此段的鋪陳因與月神話之運用及本
節闡述重點無關，故前引文未錄），接著簡述酈定進被殺之事。最後
月蝕已過，又現一片澄明的清空，末段的「日分晝。月分夜。辨寒暑。
一主刑。一主德。政乃舉。」更明白標示了盧仝寫作此詩的用意。

姑不論此詩背後所攙雜的一些陰陽刑名思想，此處重要的是，讓
我們了解到詩人在運用月神話入詩時，所採取的角度，及其與欲披露
的作者心態、意識間的關係。在此背景下，神話中的蟾蜍與其他月神

---

〔註25〕同註 23。除此，盧仝的不仕，余光中以爲也就是中國詩人的最大矛
盾：「一面熱衷於政治，另一面又自命清高。」見氏著《逍遙遊》，
頁 67。

話要素，成了一種對立的存在，甚且，嫦娥亦搖身一變而成「去此睛上物」的醫家了。這是唐詩人在運用月神話，作爲對政治方面諷或諫的一種特別現象，是唐以前所未見的。

　　長於盧仝而待仝甚厚的韓愈，在盧仝「月蝕詩」後，作了一首「月蝕詩效玉川子作」，全首以盧詩爲本，將其中玄言詭語太過並過於散文化的句子刪掉，這是韓愈較爲晚期的作品〔註26〕，由於他是文學史上第一個自覺地用「以文爲詩」這種藝術手法來入詩〔註27〕，因此，早期的詩作如「嗟哉董生行」〔註28〕，便相當地散文化，而在後期的作品中，卽稍稍收斂了一些完全把散文句子拆搬到詩裡的作法。故而，他有意地對盧仝詩進行刪改，其原因除了詩篇幅過長外，另一個原因就是盧詩的句子忽長忽短，發展騰挪得過於散文化了。《苕溪漁隱叢話》前集卷十九引宋王觀國「學林新編」說：

　　玉川子詩雖豪放，然太險怪，而不循詩家法度，退之乃摘其句而約之以禮。在韓愈的這首作品中，大體結構與內容意義不變，唯末段月蝕已過的情景，較盧詩有不同的描寫，自然反映出的心態亦稍有不同：

　　……幷光耀歸我月。盲眼鏡淨無纖瑕。弊蛙拘送主府官。

〔註26〕此詩作於憲宗元和五年，韓愈時年四十三歲。

〔註27〕陳寅恪於「論韓愈」一文中卽云：「退之之詩詞旨聲韻無不諧當，旣有詩之優美，復具文之流暢，韻散同體，詩文合一，不僅空前，恐亦絕後。」此文收於羅聯添編《中國文學史論文選集》冊三。

〔註28〕此詩作於德宗貞元十五年，韓愈時年三十二歲。「嗟哉董生行」全文：「淮水出桐柏山，東馳遙遙千里不能休。泟水出其側，不能千里，百里入淮流。壽州屬縣有安豊，唐貞元時，縣子董生召南隱居行義於其中。刺史不能薦，天子不聞名聲。爵祿不及門，門外惟有吏，日來徵租更索錢。嗟哉董生朝出耕。夜歸讀古人書。盡日不得息。或山于樵，或水于漁。入廚具甘旨，上堂問起居。父母不慼慼，妻子不咨咨。嗟哉董生孝且慈。人不識，惟有天翁知。生祥下瑞無休期。家有狗乳出求食，雞來哺其兒，啄啄庭中拾蟲蟻，哺之不食鳴聲悲，徬徨躑躅久不去，以翼來覆待狗歸。嗟哉董生誰將與儔？時之人夫妻相虐兄弟爲讎，食君之祿，而令父母愁。亦獨何心？嗟哉董生無與儔！」

帝箸下腹嘗其膰。依前使兔操杵臼。玉階桂樹閒婆娑。姮
娥還宮室。太陽有室家。天雖高。耳屬地。感臣赤心。使
臣知意。雖無明言。潛喻厥旨。有氣有形。皆吾赤子。雖
忿大傷。忍殺孩稺。還汝月明。安行于次。盡釋眾罪。以
蛙礫死。（卷三四〇，頁 3818）

在韓愈的創作心態上，顯然有較盧仝更為激切的政治抱負，其激烈的
性格亦可從他在元和十四年，直言諫迎佛骨而被貶一事看出。且觀其
在此詩末段中的內容，即可知他加強了蟾蜍與月神話世界的相對性，
使原先摧毀的力量與再生平和世界的情景，顯得更為對立而突出，那
罪魁禍首終不得好下場，試看韓愈將其「弊蛙拘送主府官。帝箸下腹
嘗其膰。」這也同時暗示了王承宗拒命殺將所當受的報應。

　　唐詩人大都將蝕月的蟾蜍，來比為有害君王，或使政治宮廷昏暗
的導因，而賈島在一首「寄令狐綯相公」詩中，則將己操守比作白璧
的皎月，運用月中蟾蜍來影射他在政治上遭人毀謗的事：

驪駿勝羸馬，東川路匪賒。一緘論賈誼，三蜀寄嚴家。
澄徹霜江水，分明露石沙。話言聲及政，棧閣谷離斜。
自著衣偏暖，誰憂雪六花。裹裳留闒襫，防串與通茶。
山館中宵起，星河殘月華。雙僮前日雇，數口向天涯。
良樂知騏驥，張雷驗鏌鋣。謙光賢將相，別紙聖龍蛇。
豈有斯言玷，應無白璧瑕。不妨圓魄裏，人亦指蝦蟇。（卷
五七三，頁 6659）

這首詩是賈島在其長江主簿任內，酬寄令狐楚的作品〔註29〕。令狐楚
歷任多項的朝廷要職，曾經以書招賈島於前。又賜衣予賈島，可說待
其甚厚〔註30〕，因此，賈島方有此抒懷性地酬寄之作，由中抒陳了他
在政治上的不如意。此詩大意是敘述其生活無憂，只是對坐飛謗一事
〔註31〕，覺得如一場夢幻般，而自認自己的德行操守是白璧無瑕的，

---

〔註29〕詩題言「令狐綯相公」，「綯」乃誤字，因令狐綯未曾為此官，應當
　　　　是作「令狐楚相公」，令狐楚乃令狐綯之父。
〔註30〕參閱徐傳雄著《賈浪仙交遊考》，頁 36～38。
〔註31〕《唐詩紀事》卷四十記賈島為「……島久不第，吟病蟬之句，以刺

怎奈如月中平白闖入的醜陋蟾蜍，自身竟也無端地受此飛謗之辱！

　　當唐詩人運用月神話，將個人對政治現象的觀感，作一深刻而隱微的譏諷和鋪陳時，多半會藉由較長篇的詩來構作，此乃詩篇長短與詩的表現性能密切相關之故。而「蟾蜍蝕月」則爲此中背後的運用基調，除了傳達詩人激憤的心情外，更帶起了詩中推波起興的作用。而且，此既定的運用要素，在唐詩人們巧妙地運用下，不但未成爲障礙，而且擴大了聯想運用的領域，如前所引賈島詩即爲一很好的說明。

## 第四節　表陳功名欲求

　　在唐代擢拔人才的貢舉科目裡，大要可分爲明經與進士兩科，其中以進士科與唐代詩文的發展關係最爲密切。

　　進士科成爲考試制度中的一項科目，是始自隋代〔註32〕。而後，隋末天下大亂，進士科便停止，直到唐高祖武德四年才恢復〔註33〕。此時，進士科與其他科目相較，並無明顯的地位。到了太宗、高宗時，進士科的地位才大爲提高。武墨時，爲了順應潮流，並欲打破東晉以來世族門第的積習陋規，更是特重進士科。在高宗永隆二年，由武后專政的時期，即下詔進士科只試雜文而不試帖經〔註34〕。武后此一劃時代的創舉，除了政治上打破世族門第的意義外，更使得唐士子之觀念和社會風氣大爲轉變。士子文人爲了得到步入仕途的機會，便競相在詩文上下工夫。自然一方面促成了唐詩的蓬勃發展，

　　　　公卿。或奏島與平曾等爲十惡，逐之。」
〔註32〕《新唐書》卷四十四選舉志：「寶應二年楊綰上疏言：進士科起於隋
　　　　大業中。」
〔註33〕《蘇氏演義》卷上：「武德四年，復置秀才進士兩科。」《唐摭言》
　　　　卷十五雜記條亦記云：「高祖武德四年四月一日敕：『諸州學生及白
　　　　丁，有明經、秀才、俊士、進士明於理體，爲鄉曲所稱者，委本縣
　　　　考試，州長重覆，取上等人，每年十月隨物入貢。』」
〔註34〕《唐大紹令集》卷一○六貢舉條流明經進士詔，載有全文。另在《通
　　　　典》十五選舉三歷代制下註引沈旣濟云：「永隆中，始以文章取士。」

而另一方面，卻也使得唐士子傾向於風流自在、放蕩不羈與對功名利祿的追求〔註35〕。置身仕途是他們的想願，是以大詩人孟浩然方有「不才明主棄」「永懷愁不寐」（「歲暮歸南山」詩）的感歎！到了中晚唐，加以帝王的喜好詩文及對進士的重用〔註36〕，這種現象更轉趨嚴重。然因進士及第的不易〔註37〕，士子對及第的種種複雜心態，便常藉由詩中流露出來。

由於晉卻詵曾自比「舉賢良對策，爲天下第一，猶桂林之一枝，崑山之片玉。」因此，唐詩人便常運用這個典故來引申表示登科及第。例如李商隱「赴職梓潼留別畏之員外同年」中的：

　　桂花香處同高第，柿葉翻時獨悼亡。（卷五三九，頁6164）

又如李中「獻中書張舍人」的：

　　仙桂從攀後，人間播大名。（卷七四八，頁8523）

宋葉夢得《避暑錄話》卷下卽云：

　　世以登科爲折桂，此謂卻詵對策東堂，自云桂林一枝也。
　　自唐以來用之。

所以，當詩人望著天邊月，或沈入月神話世界時，便將折桂、功名與月中之桂神話聯想在一起，形成月桂神話的運用。這也是神話與社會文化相互結合的最佳例子。如此運用的情形，主要是從中晚唐開始，無疑的，此和當時的考試環境與時代風氣有密切關係。詩人大量地運用月桂神話，藉著不同情境，而把各樣的心態抒陳開來。

如方干的「中秋月」：

　　涼宵煙靄外，三五玉蟾秋。
　　列野星辰正，當空鬼魅愁。

---

〔註35〕 參閱臺師靜農「論唐代士風與文學」一文，收錄於羅聯添編《中國文學史論文選集》冊三。

〔註36〕 《舊唐書》卷四十三職官志二翰林院條：「德宗好文，尤難其選。貞元以後爲學士承旨者，多至宰相焉。」《唐語林》卷四企羨類：「宣宗卽位，愛羨進士。……」

〔註37〕 《唐摭言》卷一：「進士科始於隋大業中，……其艱難謂之『三十老明經，五十少進士』」。

泉澄寒魄瑩，露滴冷光浮。

未折青青桂，吟看不忍休。（卷六四九，頁 7459）

由於方干一生未及進士，在大中中舉進士不第後，便隱居鏡中湖〔註38〕，常行吟醉臥以自娛，所以，在這首詩中，便寫出方干在靜靜秋夜裏的心情。雖然方干過著恬適隱逸的生活，然而，在望月的聯想中，仍爲其「未折青青桂」發出一聲無奈的嘆息！另一個晚唐詩人曹松，早年未達進士，登第中榜時，年已經七十多歲了〔註39〕，與王希羽、劉象、柯崇、鄭希顏同登第，號爲「五老榜」，所以，在他未及第時，亦曾作一首「中秋月」，表達了他急切的等待：

九十日秋色，今秋已十分。孤光吞列宿，四面絕微雲。

眾木排疏影，寒流疊細紋。遙遙望丹桂，心緒更紛紛。（卷八八六，頁 10010）

此詩寫得娓娓含蓄，直到最後兩句，才把那難理的紛亂心緒迸溢出來，「遙遙望丹桂」只是一個虛象罷了，他望的其實是一遙遠的期盼，而那月中的丹桂，早已化成他心中層層的糾結。另如晚唐殷文圭「初秋留別越中幕客」一詩，更是將這種心態表露無遺：

魂夢飄零落葉洲，北轅南柅幾時休。

月中青桂漸看老，星畔白榆還報秋。

鶴禁有知須強進，稽峯無事莫相留。

吳花越柳饒君醉，直待功成始舉頭。（卷七〇七，頁 8136）

登第不成的落寞心境，在仰觀月中青桂時，更感覺到似乎桂與人都將同時老去，最後，只有勉勵自己「直待功成始舉頭」了。

---

〔註38〕根據收於粵雅堂叢書（第三七函）之中第三六八冊，古版《唐才子傳》中記爲：「大中中舉進士不第隱居鏡中湖北有茅齋湖西有松島……」。今本《唐才子傳》之標點爲：「隱居鏡中，湖北有茅齋，湖西有松島。」在相比對之下，可見出標點有誤，當是「隱居鏡中湖，北有茅齋湖，西有松島。」由此可知，方干乃隱居於「鏡中湖」，而非「鏡中」。

〔註39〕參見《唐才子傳》卷十所記。此中云曹松晚及進士，實在因「松野性方直，罕嘗俗事，故拙於進宦。」

熊皎的一首「月中桂」，亦透顯出詩人對及第的强烈渴望：

> 斷破重輪種者誰，銀蟾何事便相隨。
>
> 莫言望夜無攀處，卻是吟人有得時。
>
> 孤影不凋清露滴，異香常在好風吹。
>
> 幾回目斷雲霄外，未必姮娥惜一枝。（卷八八六，頁 10013）

此詩全首架構在月桂神話上，尤其同時也運用了月中之蟾及奔月的姮娥神話。首二句卽已暗伏作者對及第的渴盼，看似是對月神話的疑問，其實是投射詩人本身對考試制度的質問，以及心底對及第的欣羨。月中的桂樹是誰植上去的呢？而月中的蟾蜍又怎麼能相隨在側的呢？如此暗伏著的心緒，在三至六句中逐一地明朗呈現，最後的「幾回目斷雲霄外，未必姮娥惜一枝。」終於將其對功名的欲求及對己能否及第的信心，作了很生動的表白。黃滔「貽張蠙」詩中的「惆悵天邊桂，誰教歲歲香。」（卷七○四，頁 8104）及其另一首「寄羅郎中隱」詩中的「瑤蟾若使知人事，仙桂應遭蠹卻根。」（卷七○五，頁 8113），都同樣反映了這樣的心情。

而及第後的欣喜，呈現的又是另外一種面貌。如李顏的「贈王郎中榮」：

> 蓬瀛上客顏如玉，手探月窟如夜燭。
>
> 笑顧姮娥玉兔言，謂折一枝情未足。（外編——《全唐詩補逸》
>
> 卷十三，頁 217）

此詩運用了姮娥玉兔神話，主要仍以折月桂及第爲重點。詩人以「笑顧」一詞，使登榜後的雀躍得意之情，溢於字裏行間。另張蠙在「送友人及第歸」一詩中，亦描寫得第之人所獲之光采：

> 家林滄海東，未曉日先紅。作貢諸蕃別，登科幾國同。
>
> 遠聲魚呷浪，層氣蜃迎風。鄉俗稀攀桂，爭來問月宮。（卷
>
> 七○二，頁 8073）

作者層層舖寫其友及第之難能可貴，句句充滿了歡欣喜悅，末聯的「鄉俗稀攀桂，爭來問月宮。」更將其在萬人中脫穎而出，倍受鄉人矚目喝采之情景，靈活地表現出來。晚唐溫庭筠亦在「送崔郎中赴幕」詩

中，運用了月中桂來表示其友之才能特異，不必走人人嚮往的路，亦能有所成：

> 一別黔巫似斷弦，故交東去更淒然。
>
> 心遊目送三千里，雨散雲飛二十年。
>
> 發跡豈勞天上桂，屬詞還得幕中蓮。
>
> 相思休話長安遠，江月隨人處處圓。（卷五七八，頁 6725）

除此，唐詩人還在嚮往贏得功名，娶得美嬌娘的心態下，同時運用了嫦娥和月桂，以表示「書中自有顏如玉」之意。

由於能夠娶得高門女子，是南北朝來，寒士夢寐以求的夙願。到了唐朝，因公平科考的機會而終於有了得償夙願的管道。唐朝的這些女子也大都願意嫁給進士登科的名士〔註40〕，這些進士能有「仕得清望，婚娶高門」的榮寵，從《唐摭言》卷三慈恩寺題名遊賞賦詠雜記條中，記有關進士曲江宴之事，便可見之：

> 逼曲江大會，則先牒教坊請奏，上御紫雲樓，垂簾觀焉。
>
> 曲江之宴，行市羅列，長安幾於半空，公卿家率以其日揀選東牀，車馬填塞。

在此背景下，表露此心的，有如潼關士子「待試詩」〔註41〕：

> 與君同訪洞中仙，新月如眉拂户前。
>
> 領取嫦娥攀桂子，任從陵谷一時遷。（外編——《全唐詩續補遺》卷十三，頁 546）

以及和凝雜曲歌辭「楊柳枝」中的：

> 不是昔年攀桂樹，豈能月裡索姮娥。（卷二八，頁 402，另卷七三五，頁 8400 亦載）

---

〔註40〕《唐語林》卷七：「萬壽公主，宣宗之女，將嫁，命擇良壻，鄭顥宰相子，狀元及第，有聲名，待婚盧氏，宰相白敏中奏選尚，顥深銜之。」

〔註41〕此詩載錄於《全唐詩續補遺》中所輯「黃宗義行朝錄自敍」（《國粹學報》第十九期撰錄引），其中還錄有一段話「唐末。黃巢兵遍潼關。士子應試者方流連曲中以待試。其為詩云云。中土之文人。大抵無心肝如此。」

詩人們不僅透過月神話來顯現出對功名及第的種種情緒,而且,亦將自己的期望加諸後輩門生或友朋之上。如劉兼的「貽諸學童」:

> 橫經叉手步還趨,積善方知慶有餘。
> 五箇小雛離學院,一行新雁入貧居。
> 攘羊告罪言何直,舐犢牽情理豈虛。
> 勸汝立身須苦志,月中丹桂自扶疏。(卷七六六,頁 8701)

及杜荀鶴的「贈張員外兒」:

> 張公一子才三歲,聞客吟聲便出來。
> 喚物舌頭猶未隱,誦詩心孔迥然開。
> 天生便是成家慶,年長終為間世才。
> 月裏桂枝知有分,不勞諸丈作梯媒。(卷六九二,頁 7952)

李商隱也有一首遊戲之作「代董秀才卻扇」:

> 莫將畫扇出帷來,遮掩春山滯上才。
> 若道團圓似明月,此中須放桂花開。(卷五四〇,頁 6194)

這是義山參加董秀才婚禮時所作,頌禱未中進士的董秀才能更上一層樓,末聯藉團團明月中,當有盛開著的桂花,來作一圓巧的暗示。

　　大抵說來,唐詩人運用月神話表陳此欲求功名的心態,均強烈地反映了彼時科考制度下的惶惶人心,月桂神話是詩人運用的主要題材,而所呈現的,則是一部活生生的唐代儒林面相。


## 第五節　抒發月神話感懷

　　詩人運用月神話,大部份的情況是以己身之遭遇、欲求,或其他實際目的為主,以月神話來增強或架構詩人心中所欲表達的意旨。而本節所談,則在於詩人對月神話本身所投設的想像,重心轉向此投射物。由於月自古以來,在中國的文學藝術中,即以陰柔之美見稱,因此,在流傳甚廣的月神話世界中,詩人便以易感的心,來抒發對月神話本身的種種情懷了。此中蘊涵了詩人心中所不自覺流露出的一種主觀的感受,使得月神話沾染了作者之心緒與情意,而有不同的詮解,

並呈現出一相當感性的世界。

在月神話世界中，月中女神嫦娥，常是詩人關注的對象。試看李商隱的一首「月夕」：

> 草下陰蟲夜上霜，朱欄迢遞壓湖光。
>
> 兔寒蟾冷桂花白，此夜姮娥應斷腸。（卷五三九，頁6179）

詩的前三句，義山以一種比況的想像，來構作一個陰冷的時空。在充滿寒冷與冰霜的夜裡，在一片白茫茫的月色中，出現了朱欄迢遞的影子。月中的兔、蟾和月桂，作者分別用「寒、冷、白」來形容，更加深了陰寒的氣氛，相對於這樣慘白的寒冷，朱紅的欄杆無疑是此中最具活潑、鮮豔的色彩了，這種色彩意象的對立，也正影射著嬌豔的嫦娥，在周遭環繞著慘冷無生氣的色調下，了然寂寞的「斷腸」心情。義山另一首著名的「嫦娥」詩，在主題表現上〔註42〕，則有更為深刻的描寫：

> 雲母屏風燭影深，長河漸落曉星沈。
>
> 嫦娥應悔偷靈藥，碧海青天夜夜心。（卷五四○，頁6197）

---

〔註42〕 這首詩的主題，歷來註評家大多從「詩必有所寄喻」這個觀點來看，如馮浩以為「或為入道而不耐孤子者致誚也。」（見馮浩《玉谿生詩詳註》乾隆刊本卷三）。何焯以為「自比有才，反致流落不遇。」（此不見於今傳何焯《義門讀書記》，而見載於馮浩注本，據馮在發凡中云其已詳為校刊何書之評注，推測可能是何書脫漏之文）。程夢星則以為「此亦刺女道士。首句言其洞房曲室之景，次句言其夜會曉離之情，下二句言其不為女冠，儘堪求偶，無端入道，何日上升也。」（朱鶴齡箋注，程夢星刪補《李義山詩集箋注》）。雖說義山詩有些別有他指或隱晦而難明，然而，若儘為之比附、強解，或有些詩評家均是以「與令狐楚有關」這個角度來看義山詩，則實破壞了作品藝術的完整性與義山的創作初衷。曾克耑即云：「他（義山）有他忠義勃發的時候，也有他閒情逸致的時候。我們如以為他的詩是全部有寄託，都是忠義之作，這未免是只看見他一部份的人生，而未看見另一方面」（「李商隱之詩及其風節」，《文學世界》第二十五期，頁58）再者，在義山詩中，亦有些是完全以神話為主題的，如「謁山」「海上」都是義山以個人的情感或心境，來就神話作一抒感，因此，「嫦娥」詩既題為「嫦娥」，實無必要作一種含沙射影牽強地比附。故而，此處則將其獨立來看。

本詩先從有形空間的描述來暗示時間，刻劃出夜深時的幽深情境。雕縷精緻的雲母屏風，一盞紅淚將盡的殘燭，伴著一個孤坐的影子，屏風外的銀河漸漸沈落，滿天的星星也緩緩隱去，這兩句強調了在時空氛圍下「身」的寂寞。末兩句則點出此詩的主題——嫦娥的心境，尤其第三句的「應悔」二字，更是義山對嫦娥夜夜啃噬寂寞的一種主觀心境上的體會，心身雙重地陷溺在「寂寞」的無垠大海中，怎麼會是當年偷靈藥時所能想像的呢？義山以「碧海青天夜夜心」來更深地強化嫦娥在空漠孤絕情境中的悽涼與悲哀。

晚唐詩人羅隱則在「中秋不見月」中，對嫦娥的寂寞起了相當的憐憫之心：

風簾淅淅漏燈痕，一半秋光此夕分。

天爲素娥媚怨苦，併教西北起伏雲。（卷六六五，頁 7620）

在一片昏暗的秋夜裡，詩人以「不見秋月」爲題，來對月中嫦娥投射自己的想像，想必是老天同情她一個人獨守空閨的寂苦吧？因此，召來浮雲好與她爲伴。

杜甫的一首「月」詩中，亦描寫了嫦娥的孤居：

四更山吐月，殘夜水明樓。塵匣元開鏡，風簾自上鉤。

兔應疑鶴髮，蟾亦戀貂裘。斟酌姮娥寡，天寒耐九秋。（卷二三○，頁 2532）〔註43〕

首兩聯主要在敍景，明月於深更時，緩緩自山中上升，映出了月中晶瑩剔透的水晶樓，月兒時如明鏡，時如簾鉤。末兩聯是一種相互的映照與強化，月中的神話世界，充滿著的是不死與陰寒之氣，而姮娥寡居在此冰冷、無盡的時光隧道中，卻還要忍受層層透肌的寒氣侵襲。杜甫這首詩以玲瓏的巧意，來摹想姮娥在月中的情景，「不死」對她來說，似乎已非一種福份了。且看詩人又云「兔應疑鶴髮，蟾亦戀貂

---

〔註43〕這首詩的第三、四句，根據《九家集注杜詩》（此書收入《杜詩叢刊》）中的趙彥材注爲：「上句則公自言其老，下句言其貪。」由於持此說者僅此一家，故僅備其說以參。

裘。」卽可知杜甫以擬人的心態，替月中蟾兔道出它們的想願。

義山有一首「轙」〔註44〕，則感受了嫦娥在月中的寒冷：

　　嘗聞宓妃轙，渡水欲生塵。好借常娥著，清秋踏月輪。（卷
　五三九，頁6179）

詩中的宓妃，也就是曹植在「洛神賦」中所歌頌的洛水女神，曹植形
容她是「凌波微步，羅襪生塵。」宓妃和嫦娥都是義山詩中常詠誦的
對象，因此，藉由宓妃的神轙，義山有了一奇妙的聯想：聽說宓妃有
雙款款生姿的神轙，於是，請求她能否將轙借給孤居冰冷月宮而需轙
甚急的嫦娥？嫦娥穿了這雙不透水、不畏寒、踏月輪不會生胝的神
轙，在這清秋時分，一定倍覺安慰，詩人豐富的想像與熱忱，想必已
給嫦娥帶來體貼入微的溫暖。

嫦娥在月中的情形，也引得晚唐詩人羅隱的關心，如他的一首「秋
夕對月」：

　　夜月色可掬，倚樓聊解顏。未能分寇盜，徒欲滿關山。

　　背冷金蟾滑，毛寒玉兔頑。姮娥謾偷藥，長寡老中閒。（卷
　六五四，頁7582）

詩人從月色可掬寫起，思及月中的蟾蜍、玉兔，而分別用「冷、滑」
與「寒、頑」來形容，同時也增強月中淒清的氣氛。嫦娥寡居在清冷
的月宮中，背負著偷盜的罪名，渡過漫漫的長夜，年華也將在此中逐
漸老去了。羅隱的另一首「詠月」也有同樣的描寫：

〔註44〕馮浩在《玉谿生詩評注》卷三中，以爲此詩意旨乃在「唐人每以桂
　　　枝喻得第，此亦泛洛應擧之作。嫦娥自喻。」劉若愚對這種說法反
　　　駁：「有些評注家認爲此詩之作，乃在表達詩人希望得第，因爲唐人
　　　有些以折桂枝暗示及第，不過，既然詩人此處未提到桂字，此種詮
　　　釋似不足信。」（此原文見於「The Poetry of Li Shang-Yin, University of
　　　Chi-cago Press, 1969 P104」中譯文見於陳祖文「試闡李商隱的四首絕
　　　句」一文中，《中外文學》六卷十二期）而楊柳在《李商隱評傳——
　　　詩人的生死愛恨及其創作》一書中，則以爲「實際上就是李商隱在
　　　洛陽時爲王氏寫的愛情詩之一。」馮、楊二說並無實際根據，且於
　　　詩題、詩中，亦尋不出端倪，故此處亦將「轙」詩獨立來看，不作
　　　任何牽強的比附。

湖上風高動白蘋，暫延清景此逡巡。

隔年違別成何事，半夜相看似故人。

蟾向靜中矜爪距，兔隈明處弄精神。

嫦娥老大應惆悵，倚泣蒼蒼桂一輪。（卷六五八，頁 7555）

在月宮中伴著嫦娥的蟾、兔，他們各自得其樂地生活著，蟾蜍伸伸它的小爪，玉兔弄弄它的長耳朵，好提起精神來擣藥吧！只有嫦娥，在一旁斜倚鬱鬱蒼蒼的月桂樹，而不住地飲泣著，為的是經年在月宮中，年紀逐漸老大，青春不再，於是感到惆悵、難過呢！這也讓人聯想起希臘、羅馬神話中的提托諾斯（Tithonus）〔註 45〕和西彼拉（Sibylla）〔註 46〕，他們都是享有了不死，卻保不住青春年華的例子。可憐的嫦娥，擁有了不死藥，卻留下了這空古遺恨！想此也是詩人為其惋惜之處。

　　詩人關懷嫦娥守著漫漫長夜的孤寂，也關懷她在月中的歲月，彷彿她已成了詩人心中可感知的密友。如大詩人李白「感遇」詩四首之一的：

昔余聞姮娥，竊藥駐雲髮。不自嬌玉顏，方希鍊金骨。

飛去身莫返，含笑坐明月。紫宮誇娥眉，隨手會凋歇。（卷一八三，頁 1865）

亦有如羅隱相同的感懷。嫦娥竊藥欲留住年華，而嬌笑地安坐於月宮中，然詩人仍懷疑擔憂她的美貌終會凋謝！？

---

〔註 45〕希臘神話中的提托諾斯（Tithonus），因年輕俊美，而為微風兼黎明女神哀歐斯（Eos）所愛，由於哀歐斯的請求，天帝宙斯（Zeus）便賦予他不死之身，但卻沒有青春永駐的權利。於是，提托諾斯最後便成為一個衰朽的老人，哀歐斯不願再愛他，便把他關在密室裏，更進而把他變成一隻蝗蟲。此參見馮作民譯著《西洋神話全集》，頁 206～207

〔註 46〕在羅馬神話中，有一個女先知——枯邁亞的西彼拉（Sibylla），曾向阿波羅（Apollo）請求讓她的生命像她拿的沙粒一樣長久，然而，卻忘了請求同時也要保有青春。因此，隨著時間的流逝，西彼拉早已變得衰老不堪，那時，她唯一的希望便是生命快點結束。此參見《希臘羅馬神話詞典》，頁 2、頁 327。

　　元稹的「八月十四日夜玩月」，則轉以遊戲的筆調來寫嫦娥：

　　　　猶欠一宵輪未滿，紫霞紅襯碧雲端。

　　　　誰能喚得姮娥下，引向堂前子細看。（卷四二三，頁4650）

詩人在滿月的前晚，望著天邊雲朵簇擁著的明月，暈黃多姿的色彩，不禁引得詩人的遐思：誰有這個本事，能將姮娥輕輕喚到人間來呢？好教我細細端詳她的美貌。月中女神的美，義山亦有詩來突顯，如「霜月」一首：

　　　　初聞征雁已無蟬，百尺高樓水接天。

　　　　青女素娥俱耐冷〔註47〕，月中霜裡鬪嬋娟。（卷五三九，頁6146）

首先詩人點出這已是深秋時分了，二句則顯示出詩人正處在一種高寒寥闊的境地，於是，便遙想月中的姮娥和主管霜雪的女神——青女，都能耐得住這樣的寒冷吧！而在這時互相展現自己姣好的容貌與姿態，末兩句寫出月中女神之美，實可與霜神相比，這不但將靜靜的秋夜寫得生動，同時亦可看出義山活潑的想像。他的另一首「月」詩末聯的「姮娥無粉黛，只是逞嬋娟。」（卷五三九，頁6166）亦說明了姮娥雖無粉妝豔抹，然仍能一展她姣好的美貌與體態。

　　有關嫦娥的竊藥奔月，詩人們則有不同的看法，如袁郊在「月」詩中即予以嚴厲地批評：

　　　　嫦娥竊藥出人間，藏在蟾宮不放還。

　　　　后羿遍尋無覓處，誰知天上卻容奸。（卷五九七，頁6913）

嫦娥偷了后羿請自西王母的不死藥，奔逃出人間，藏在月中而不還，害得后羿遍尋無著，哪裏知道天上卻容得下這個大奸賊呢〔註48〕？從這個角度強烈責備嫦娥，在唐詩中，是相當少見的，詩人多半是站在維護憐惜的心情上來寫嫦娥。對於竊藥一事，曹唐的「小遊仙詩」九

〔註47〕《淮南子》天文訓：「秋三月……青女乃出，以降霜雪。」而素娥，便是月中嫦娥。《文選》謝莊「月賦」即有句「集素娥於后庭」唐李周翰注：「嫦娥竊藥奔月，月色白，故云素娥。」

〔註48〕這首語氣強烈的詩，亦有可能是含特別的寄喻或影射。然由於袁郊僅遺《袁郊集》一卷，歷代均無評注，且不見相關袁郊個人特殊境遇的背景資料。所以，此處以就詩論詩的角度觀之。

十八首之一則云：

> 忘卻教人鎖後宮，還丹失盡玉壺空。
>
> 嫦娥若不偷靈藥，爭得長生在月中。（卷六四一，頁 7348）

此雖是遊仙之作，然而，從末兩句「嫦娥若不偷靈藥，爭得長生在月中。」，亦可見出詩人爲嫦娥「竊藥」一事力辯的態度了。

至於月神話中，亭亭蓊鬱的桂樹呢？唐詩人對它的感想又是如何？且看顧封人的一首「月中桂樹」：

> 芬馥天邊桂，扶疏在月中。能齊大椿長，不與小山同。
>
> 皎皎舒華色，亭亭麗碧空。虧盈寧委露，搖落不關風。
>
> 歲晚花應發，春餘質詎豐。無因遂攀賞，徒欲望青蔥。（卷六〇〇，頁 6946）

這是一首純粹詠月桂的詩，芬香馥郁的桂樹，搖曳生姿地長在月中，它是如此特別，以至能與長壽的大椿木相齊，在月中幽幽地展現風采。卓爾不群超拔的特性，使得它自開自落，且也隨著季節的冬盡春來而更加地豐美。詩人不禁感嘆著，可惜自己不能登上月宮，仔細端詳品賞，而只能徒然望著它青蔥的身影罷了！

月桂長在月中，除了供世人翹首觀賞外，或許還有擔綱保護的功能吧！如李昭象在「題顧正字谿居」中云：

> 高敞吟軒近釣灣，塵中來似出人間。
>
> 若教明月休生桂，應得危時共掩關。
>
> 春酒夜旗難放客，短籬疏竹不遮山。
>
> 莫誇恬淡勝榮祿，雁引行高未許閒。（卷六八九，頁 7916）

此雖是李昭象題其居處的詩，然由於他的居處靈幽恬靜如出塵世，故而，思及月中超凡幽靜的月宮，必定需要月桂的遮掩和保護！

月裏嫦娥會寂寞，詩人亦聯想，超拔不群的月桂，想必也會孤單。如白居易「東城桂」三首（爲與人間桂作一比較，故三首均錄下）：

> 子墮本從天竺寺，根盤今在閶闔城。
>
> 當時應逐南風落，落向人間取次生。
>
> 霜雪壓多雖不死，荊榛長疾欲相埋。

　　長憂落在樵人手，賣作蘇州一束柴。

　　遙知天上桂花孤，試問嫦娥更要無。

　　月宮幸有閒田地，何不中央種兩株。（卷四四七，頁 5023）

白居易在詩的「序」中云：

　　蘇之東城，古吳都城也，今爲樵牧之場，有桂一株，生乎
　　城下，惜其不得地，因賦三絕句以唁之。

詩人以憐憫愛物的心，來悲唁人間月桂境遇的不幸，所以第三首便針
對月中桂來寫，希望在月宮中，能再多植一株桂樹相伴，此處天上人
間月桂的關聯性，有三則資料可參考。一則是唐陳藏器的《本草拾
遺》：

　　今江東諸處，每至四五月後晦，多於衢路間得桂子，大如
　　貍豆，破之，辛香，古老相傳是月中下也，北方獨無者，
　　非月路也。

這條資料在宋孝宗時人所輯的《錦繡萬花谷》前集卷一亦有所引。另
二則是宋王象之《輿地紀勝》卷二：

　　月桂峯，在（杭州）武林山，（僧）遵式「月桂峯詩序」云：
　　「想月中桂子，嘗墜此峯，生成大木，其花白，其實丹。」

及唐封演《封氏聞見記》卷七「月桂子」條云：

　　垂拱四年三月，月桂子降於台州臨海縣界。

由此可見，月桂子自月中落下，或落下後長成大樹，是歷來人們流傳
的說法。

　　白居易另一首「廬山桂」首四聯，也是簡單描寫了月桂子自天上
飄到人間：

　　偃蹇月中桂，結根依青天。天風繞月起，吹子下人間。
　　飄零委何處，乃落匡廬山。生爲石上桂，葉如翦碧鮮。（卷
　　四二四，頁 4670）

　　此外，有關嫦娥奔月變爲蟾蜍的這段神話情節，並未見唐詩人加
以運用抒感。而對蟾蜍作闡述，則僅單純地圍繞在「蝕月」的神話特
點上。如白居易的一首「蝦蟇」：

嘉魚薦宗廟，靈龜貢邦家。應龍能致雨，潤我百穀芽。
蠢蠢水族中，無用者蝦蟇。形穢肌肉腥，出沒於泥沙。
六月七月交，時雨正滂沱。蝦蟇得其志，快樂無以加。
地既蕃其生，使之族類多。天又與其聲，得以相喧譁。
豈惟玉池上，污君清冷波。可獨瑤瑟前，亂君鹿鳴歌。
常恐飛上天，跳躍隨姮娥。往往蝕明月，遣君無奈何。（卷
四二四，頁 4669）

這首詩以現實中的蝦蟇來投入月神話的想像中，相當地活潑有趣。作
者以嘉魚、靈龜、應龍的實用性來比較，顯出蝦蟇確是水族中，最無
用處的小東西，不僅長得醜，而且又常在骯髒的泥沙出沒。到了大雨
滂沱的六、七月時，就是它們繁殖後代最高興的時刻，喧譁熱鬧的聲
音響徹雲霄，只是唯恐它頑皮地飛上天，不安份地在月中女神邊跳
躍，又將明月吞去，這就教人徒呼奈何而無他法了。這首針對蝦蟇特
性來寫的詩，在現實與神話世界之間，有了相當靈活的聯想與結合，
是一隨手拈來的作品。

　　綜觀唐詩人在抒發月神話感懷上，主要奠基於善感的心、敏銳的
觀察、與擬人的想像，而分別就月神話中各具不同質性之物來作一發
揮。此中，詩人「同物之境」移情的抒寫，實與上古初民的心理特質不
謀而合〔註49〕，這也正是詩與神話兩大軫域間，可以開始對話的橋樑。

〔註49〕朱光潛於「詩的境界──情趣與意象」文中云：「同物之境起於移情
　　　　作用。移情作用爲原始民族與嬰兒的心理特色，神話宗教都是它的
　　　　產品。」此文收錄於氏著《詩論》，頁 63。

# 第四章　唐詩中月神話運用之方式

　　詩是由精簡的語言所構成的藝術品。除了詩人擷取素材並溶入性情、感受經驗外，還須透過語言文字的組合構造，才能成一完整的作品。劉勰《文心雕龍》情采篇即以「鏤心鳥跡之中，織辭魚網之上」來強調詩情與詩造語相關相合的重要。此亦如亞德烈（Virgil C. Aldrich）所說的：

　　　　詩決不只是詩人本身發洩的熱情；它是運用了特殊的材料、
　　　　媒介、和形式的表現的描摹，並呈現了做爲內容的題材（包
　　　　括了感情）以便我們以審美經驗或領會視覺來接近。〔註1〕

　　是以，在前章探討完唐詩中月神話運用之心理，了解詩人運用月神話的意義精神後，這一章便由詩造語的這個角度，來析究詩中月神話運用之方式，亦即月神話在唐詩的語言結構中所扮演的角色。歸納唐詩人運用月神話的方式共有兩種：一是作爲一種題材的性質；另一則是作爲一種技巧性質的運用。以下則循此二方式析論之。

## 第一節　題材性質之運用

　　唐詩人運用月神話入詩，如果將之視同一般狀景敍事的素材，並

---

〔註 1〕亞德烈（Virgil C. Aldrich）著，周浩中譯《藝術哲學》第三章「藝術：
　　　　文學」，頁 149。

無特殊技巧於其中時，此便停留在一般的題材層次。現總括為：月神話為全詩（或主要）之題材及部份之題材兩大項來分析，並見出月神話作為一題材表現時的意象風貌。

# 壹、月神話為全詩之題材

　　當詩人運用月神話為全詩之題材時，即是指月神話為詩中詠誦敍述的主要對象，詩人與月神話間是一距離性的關照。在此情形下，月神話是一客觀的對象實體，這也是一種消極性的及最基層的運用形態，現舉三首為例，分別是詠月桂和嫦娥：

　　何年霜夜月，桂子落寒山。翠幹生嚴下，金英在世間。

　　幽崖空自老，清漢未知還。惟有涼秋夜，嫦娥來暫攀。（李

德裕「春暮思平泉雜詠」二十首之一──月桂・卷四七五，頁 5406）

這首詠月桂的詩，將月桂神話和傳說月桂子飄落人間的說法相結合。首聯是靜態意象和動態意象的對比性表現，在此對比手法中，藉由「霜」字和「寒」字，來襯出「月桂子」耐冷的特性，也說明了月桂子乃來自於月中的不凡性。第二聯則更進一步將月桂作一質性的說明，「翠幹」與「金英」是兩個予人蒼勁及高貴感的名詞意象，適恰地以月桂長成後的枝幹與華實，來統合代表整體。第三聯則表出月桂不移的植物性。最後一聯則承上聯之意而來，以「嫦娥攀月桂」此活潑的意象，與首聯遙相呼應。這首詠月桂的詩，雖別無言外之意，但卻將月桂的幾個質性都巧妙表出。

　　第二首是詠嫦娥：

　　月裡嫦娥不畫眉，只將雲霧作羅衣。

　　不知夢逐青鸞去，猶把花枝蓋面歸。（符載「甘州歌」・卷四七

二，頁 5354）

這一首相當具有整體的意象美。透過「雲」「霧」此縹緲不可及的意象，結合了具有輕柔觸感的「羅衣」，藉由外在的想像描摹，透顯嫦娥所蘊涵輕巧柔細的本質。最後則自日出月隱的角度著筆，以「花枝」

此充滿美的名詞意象，「蓋面」的動態意象，來極妍意態地刻劃嫦娥的美貌與嬌羞。

另一首亦是詠嫦娥，呈現的是不同的意象形態，相當豐富而華麗。

江南水寺中元夜，金粟欄邊見月娥。

紅燭影迴仙態近，翠鬟光動看人多。

香飄彩殿凝蘭麝，露繞輕衣雜綺羅。

湘水夜空巫峽遠，不知歸路欲如何。（李郢「中元夜」‧卷五九○，頁6848）

這一首的背景是中元月圓之夜，作者的綺思異想凝化成嫦娥的翩然而降，第二聯所呈現的是她的外在姿態，「紅」與「翠」是鮮明而又彩度對比甚強的顏色，以此突出嫦娥的形象，三聯首句則以豐沛的嗅覺意象來烘托主角，並且，在「蘭」「麝」此名貴植物及「彩」字與下句「綺」字所透顯鮮豔的視覺意象中，側面浮現了嫦娥高雅動人的面貌。

這三首詩大抵都掌握了人物或植物的特性，著重點除了描摹形象意態外，並無詩人的感懷於其中，不過在全首的意象結構上，均能有一完整的聯貫。

## 貳、月神話爲詩部分之題材

當月神話成爲詩中的部份題材性質時，即是指詩人別無使用特殊技巧，而是以敍述、說明性的方式，在一句或一聯中，將月神話內容表出，這種「敷陳」與「直言」便形成了一種直敍的句法。藉此描述性的口吻，便可在上下聯、或詩首、詩尾中，造成在語意、語法或意象上的效果。它可能是意象的描寫，也可能是一種論斷句，故所呈現的風貌是片斷而多樣的。

在此須說明的是，如此形成的直敍句和散文不同。因爲，詩中的直敍句並不像散文平舖直敍的句子，常是語窮意盡地將文義傳衍給下一句，而是希望能達到造成詩的張力，或詩意曲折頓挫的目的。

並且，還能以「截斷」的方式，如：以此句之寫景截上句之敍事，或以此句之敍事截上句之寫景等，以造成看似語不接，然意實聯的效果。同時，還能在句間提供了片段的意象，留予讀者馳騁想像的空間，這也就是詩中雖然出現似散文的直敍句，但仍透涵詩意的關鍵所在。

　　爲了了解月神話爲直敍句時，在詩中的作用，本文將詩分爲本體與結語兩部份來觀察：結語指的是詩的最後兩句；本體則指除結語以外的其他部份。以從中探討詩人將月神話以直敍方式運用於詩中的意象，並分析它所形成的作用。

# 一、在詩的「本體」部份，月神話的直敍句形成了兩個作用

　　（一）強化說明狀景的作用。例如：

（1）　○芳蹊密影成花洞，柳結濃煙花帶重。

　　　　○蟾蜍碾玉挂明弓，捍撥裝金打仙鳳。

　　　　　寶枕垂雲選春夢，鈿合碧寒龍腦凍。

　　　　　阿侯繫錦覓周郎，憑仗東風好相送。

　　　　　　　　（李賀「春懷引」・卷三九四，頁 4439）〔註 2〕

（2）　　　石根秋水明，石畔秋草瘦。

　　　　　侵衣野竹香，蟄蟄垂葉厚。

　　　　○岑中月歸來，蟾光挂空秀。

　　　　○桂露對仙娥，星星下雲逗。

　　　　　淒涼梔子落，山璺泣清漏。

　　　　　下有張仲蔚，披書案將朽。

　　　　　　　　（李賀「感諷」五首之一・卷三九一，頁 4411）

（3）　　　素月閑秋景，騷人汎洞庭。

　　　　　滄波正澄霽，涼葉未飄零。

　　　　　練彩凝葭莢，霜容靜杳冥。

　　　　○曉棲河畔鶴，宵映渚邊螢。

　　　　○圓彩含珠魄，微颸發桂馨。

---

〔註 2〕在重點說明的句子上以「○」爲記號。

　　　誰憐採蘋客，此夜宿孤汀。

　　　　　（姚合「中秋夜洞庭圓月」・卷八八三，頁 9982）

（4）○今夜月明勝昨夜，新添桂樹近東枝。

　　　立多地濕舁牀坐，看過牆西寸寸遲。

　　　　　（王建「和元郎中從八月十二至十五夜翫月」五首之一・卷三

　　　　　○一，頁 3434）

（5）○玉魄東方開，嫦娥逐影來。

　　　洗心兼滌目，怳若遊春臺。

　　　　　（春臺仙「遊春臺詩」・卷八六二，頁 9740）

第一例中頭兩句的「芳蹊」「柳」是實景，「密影」「煙」是虛景，實
景、虛景交互層疊出現，演成撲朔迷離的景象。到了第三句，則運
用月神話的蟾蜍，「玉」指的是天上的雲，「明弓」指的是一彎新月，
這一句由於也是寫景，若停留在靜態述景，詩趣則不能顯出，因此，
用了「蟾蜍碾玉」來描摹月下浮動的似玉般的流雲，透過動詞「碾」，
而使神話中，月裡蟾蜍跳躍雲間的動態景象，極美而鮮活地展現眼
前。而第二例中，首句已言「月」，二句的「蟾光」指的是月光，第
三句為加強「月」的意象，便以「桂露對仙娥」此述句來說明。三
例中，首兩句的「曉」跟「宵」，點出了詩景為白天到夜晚的過渡，
「河畔鶴」與「渚邊螢」都呈現了相當具體的視覺意象，接著的三
四句，則加強突寫月夜的景況，三句描寫月光，四句則以「微風輕
飄月桂香」來呈現嗅覺意象，此四句的狀景諧和，予人愉悅的官覺
享受。而在第四例中，二句的直敍月神話之景，雖截斷了首句詩人
感覺的敍述，然而，「新添的月桂枝」反而說明了首句何以「今夜月
明勝昨夜」的原因，造成了詩意的曲折美感。最後一例的「玉魄」
指的是月，首句「玉魄東方開」只是一靜態景象，二句的「嫦娥逐
影來」，則以嫦娥隨風飄然而至的動態意象，使月景生動。由以上諸
例亦可見出，在直敍月神話來強化說明狀景的同時，通常也已將時
間表出。

　　（二）月神話於詩「本體」中的另一作用是興發下聯感懷，或作

一種與他事對等性之說明。例如：

（1）○天上秋期近，人間月影清。

　　　○入河蟾不沒，擣藥兔長生。

　　　　只益丹心苦，能添白髮明。

　　　　干戈知滿地，休照國西營。

　　　　　　　　　（杜甫「月」·卷二二五，頁 2407）

（2）○昔竊不死藥，奔空有嫦娥。

　　　○盈盈天上豔，孤潔棲金波。

　　　○織女了無語，長宵隔銀河。

　　　○軋軋揮素手，幾時停玉梭。

　　　　　　　　（李羣玉「感興」四首之一·卷五六八，頁 6574）

（3）○寶婺搖珠珮，常娥照玉輪。

　　　○靈歸天上匹，巧遺世間人。

　　　　花果香千戶，笙竽濫四鄰。

　　　　明朝曬犢鼻，方信阮家貧。

　　　　　　　　（李商隱「七夕偶題」·卷五四〇，頁 6218）

第一例中，首句的「秋」予人蕭條零落的意象，是以，「月影」也因秋的感染，而益發清幽，三、四句則直敍了月中之蟾的情景，並月兔的擣不死藥以求長生，扣緊了上聯「秋期盡」「月影清」之意，而興發了下聯詩人心中愁苦、白髮漸添的感嘆。第二例，則是前半敍述嫦娥竊藥，而後半敍述傳說中的織女隔銀河促梭織布事，如此的組合型態運用了兩個情境相似的神話傳說題材，透過對等性的直敍方式，來從中迴蕩著孤獨、徒然無奈的情意。第三例中，首句的「珠珮」指的是天上的明星，星神婺女與月神嫦娥分別為織女「搖珠珮」及「照玉輪」，幫她渡河與牛郎成佳偶。「珠珮」與「玉」都具有溫潤、柔亮的質感，透過動詞「搖」與「照」，更使整個意象活絡起來。

## 二、將月神話直敍於詩的「結語」者，主要有兩個作用

（一）在語意上，造成延伸強調的作用。例如：

（1）　明月照前除，煙華蕙蘭溼。

清風行處來，白露寒蟬急。

美人情易傷，暗上紅樓立。

〇欲言無處言，但向姮娥泣。

　　　　（韋莊「閏月」・卷七〇〇，頁 8051）

（2）　滿庭松桂雨餘天，宋玉秋聲韻蜀弦。

烏兔不知多事世，星辰長似太平年。

誰家一笛吹殘暑，何處雙砧擣暮煙。

〇欲把傷心問明月，素娥無語淚娟娟。

　　　　（韋莊「夜景」・卷六九六，頁 8006）

（3）　初笄夢桃李，新妝應摽梅。

疑逐朝雲去，翻隨暮雨來。

雜珮含風響，叢花隔扇開。

〇姮娥對此夕，何用久裴回。

　　　　（蕭德言「看新婚」・卷三八，頁 489）

（4）　水路疑霜雪，林棲見羽毛。

〇此時瞻白兔，直欲數秋毫。

　　　　（杜甫「八月十五夜月」二首之一・卷二三〇，頁 2530）

首兩例，作者運用了相同的語法，在結語中，均是先以「欲」字來加強感受，突出主觀論斷的語調，而末句的直敍語也都是對上句的回應，在語意上，達到順承而逆返的效果。而第三例中，在描寫新婚喜氣、熱鬧景象後，結語則以敍事來截斷，姮娥以一孤單身影，面對人間的新婚，詩人先預設了姮娥必久戀而不去，而後，便以「何用久裴回」來詢之，使語意雖看似與前聯截斷，但卻能留下一波三折的語意曲轉。最後一例直敍月神話所造成的語意順承，則加強說明了月光之清澈。

　　（二）達到點染烘托詩「本體」的效果。例如：

（1）　皎皎復皎皎，逢時即為好。

高秋亦有花，不及當春草。

班姬入後宮，飛燕舞東風。

〇青娥中夜起，長歎月明裡。

（劉駕「皎皎詞」‧卷五八五，頁 6774）

（2）　　吳絲蜀桐張高秋，空白凝雲頹不流。

　　　　江娥啼竹素女怨，李憑中國彈箜篌。

　　　　崑山玉碎鳳皇叫，芙蓉泣露香蘭笑。

　　　　十二門前融冷光，二十三絲動紫皇。

　　　　女媧鍊石補天處，石破天驚逗秋雨。

　　　　夢入坤山教神嫗，老魚跳波瘦蛟舞。

　　○吳質不眠倚桂樹〔註3〕，露腳斜飛溼寒兔。

（李賀「李憑箜篌引」‧卷三九○，頁 4392）

（3）　　霽景明如練，繁英杏正芳。

　　○姮娥應有語，悔共雪爭光。

（唐彥謙「春雪初霽杏花正芳月上夜吟」‧卷六七二，頁 7682）

在第一例中，二句的「逢時卽爲好」率先道出詩旨，接著則用了兩個
對比句法：高秋之花對當春之草；入後宮而居的班姬，對在東風裏歌
舞的飛燕（卽指漢妃趙飛燕）。如此情境迴異的兩個對比句法，將全
詩的衝突張力逐步推高，到了結語，將筆鋒一轉，以敍述月裏嫦娥於
夜半中的哀聲長歎，勾勒一筆而留下嫋嫋不盡的餘音，給予讀者、或
嫦娥自身、或人間紅顏等的種種想像空間。而在第二例中，「本體」
部份主要乃針對梨園子弟李憑，彈箜篌技巧高超靈妙的比擬，結語
時，則直敍了月中伐月桂的吳剛，置身幽冷環境中而不眠，以對李憑
演奏的清靈、優美境界，作一烘托與強調，使箜篌音樂予人的感官刺
激，達到超自然世界的回應，而於詩中旋盪著更悠然不盡的意味。第
三例，則是首聯摹寫了春雪澄潔如練、繁英飄香之景，結語以姮娥有
語，悔於雪爭光，用月中姮娥皎好如玉的質性，來映襯出春雪的潔白
如練，結語中的「應」與「悔」字，強調了姮娥實不如春雪那般地潔
美，語意隱微卻強烈。

---

〔註3〕吳質乃三國時人。《三國志》卷十二魏書十一所載吳質事，並沒有涉
　　　及音樂者。因此，可能是「吳剛伐桂」神話的誤筆。

## 第二節 技巧性質之運用

在詩形式精緻特牲的要求下，當詩人「語不驚人死不休」地費思選取字詞入詩時，以靈活的技巧運用典故，便成為相當普遍的事。徐復觀先生曾說：

> 詩人是要以精約地字句，表現豐富地情感——或想像，並製造出適合於感情的氣氛、情調。假使用典用得好，便可成為文學上最經濟的一種手段。因為一個典故的自身，卽是一個小小的完整世界。〔註4〕

因此，透過典故技巧性的運用，不但可以化繁為簡，把要眇難達的情意，濃縮於會心莫逆間。而且，還能藉由典故本身暗示、比喻的作用，予讀者多方面的聯想，以使詩的感染力增加，豐厚詩的意境。它所具有的創發性，就如同西方拜占庭藝術家，以彩色玻璃碎片作成瑪賽克（mosaic）的鑲嵌細工一般，呈現了不同的特色。

月神話本身在經由與社會文化等的融合後，本身卽已變化了不同的意義內涵。因此，這一節的重點在於分析月神話於唐詩中，技巧性運用的方式，及其中所指涉出來或具體、或抽象的對象。以下分借代、比喻、象徵三技巧來談。

## 壹、借代

「借代」技巧，基本上是一種「類似」（similarity）的聯想方式〔註5〕，以淺顯的修辭觀念來說，也就是不用事物或事件的本名，而改以另外相關的名稱或字詞來代替。

當詩人為出新語或強化意象時，借代技巧的運用便成為不得不然的趨勢。但借代詞愈到後代，由於過度普遍泛濫的使用，也不免會遭致批評家的詰難，如王國維於《人間詞話》卷上云：

---

〔註 4〕徐復觀著《中國文學論集》，頁 128。
〔註 5〕參見周英雄「賦比興的語言結構：兼論早期樂府以鳥起興之象徵意義」，《香港中文大學中國文化研究所學報》十卷二期，頁 290。

> 詞忌用替代字，美成解語花之桂華流瓦，境界極妙，惜以
> 桂華二字代月耳。夢窗以下，則用代字更多，其所以然者，
> 非意不足，則語不妙也。蓋意足則不暇代，語妙則不必
> 代，……

然因唐朝爲詩歌的鼎盛時期，詩的字詞正豐沛而靈巧地運用著。是
以，借代技巧不但尚未落入俗套或僵化，反而還能合乎意象或詞性的
需要，提高詩的可讀性。黃慶萱先生卽針對借代的積極效果說：

> 借代大部份屬意象語，這種語言經由作者意識活動，把事
> 物的形相加以選擇，而使形相再生。本身意義旣有深度，
> 同時由於聯想作用而更延伸其廣度，二者相乘，因而借代
> 就有其豐富的稠密度（Intension）了。〔註6〕

歸納唐詩人運用月神話所借代的對象共有：月、時間和功名三項。以
下歸爲兩類說明。

## 一、月和時間的借代

　　中國文字由於屬單音獨立的孤立語（Isolating Language），相當
便於詩的對偶使用。是以，在兩個詩句的詞與詞之間，爲喚起讀者意
象的和諧感及詞性的統一，詩人便以特別的鑲嵌方式，來架構一富美
感的詩句。而近體詩原本在體例上卽有整齊的對偶句，形式上已有典
雅秀麗的自然傾向，此時，若再以借代技巧來運用典故，則往往更能
達到這種效果。於是，在此情形下，月神話的各個要素卽分別替代了
月和時間。以下分兩點，說明借代月神話於詩中形成的作用：

　　（一）借代月神話以達到上下句共有的意象風貌。例如：

　　　　○○　　　　○○
（1）白兔沒已久，晨雞僵未知。

　　　　　　　（方干「歲晚苦寒」·卷六四九，頁 7455）

　　　　○○　　　　　　○○
（2）蟋蟀漸多秋不淺，蟾蜍已沒夜應深。

―――――――――――――

〔註 6〕黃慶萱著《修辭學》，頁 263。

（賈島「夜坐」・卷五七四，頁 6681）

○○　　　　　○○
（3）幾回鴻雁來又去，腸斷蟾蜍虧復圓。

（劉商「胡笳十八拍第十一拍」・卷二三，頁 302）

　　　○○　　　　○○
（4）開時若也姮娥見，落日那堪公子知。

（文丙「牡丹」・卷八八七，頁 10028）

　　○○　　　○○
（5）江長梅笛怨，天遠桂輪孤。

（武元衡「奉酬淮南中書相公見寄」・卷三七，頁 3564）

　○○　　○○
（6）桂魄吟來滿，蒲團坐得凹。

（歸仁「酬沈先輩卷」・卷八二五，頁 9293）

　○○　　○○
（7）月桂虧還正，階蓂落復滋。

（許稷「閏月定四時」・卷三四七，頁 3884）

　　○○　　　○○
（8）共看玉蟾三皎潔，獨懸金錫一玲瓏。

（唐求「送僧講罷歸山」・卷七二四，頁 8310）

以物性的類似為基，所組合的詩句，可形成相關的「語義類型」〔註7〕，如此的「語義類型」呈現了詩中共有的意象風貌。如第一例「白兔沒已久，晨雞僵未知。」以「白兔」、「晨雞」動物意象並置的方式，使這聯詩句予人和諧生動的想像意趣。第二例「蟋蟀漸多秋不淺，蟾蜍已沒夜應深。」當上句以「蟋蟀」為秋臨之象徵，給予讀者一種跳躍活潑的視覺意象，並蟋蟀唧唧而鳴的聽覺意象時，下句

---

〔註 7〕即指詩的用語所構成的相關意義類型，參見梅祖麟、高友工原著，黃宣範譯「論唐詩的語法、用字與意象（上）」，《中外文學》一卷十期，頁 62。

使以「蟾蜍」此物性相似的月神話來代月。其他諸例的「鴻雁」與「蟾蜍」、「姮娥」與「公子」、「梅笛」與「桂輪」、「桂魄」與「蒲團」、「月桂」與「階蓂」等，都是藉由物性類似之特點所作的借代，唯最後一例的「玉蟾」與「金錫」，則多了修飾語「金」和「玉」，分別修飾後面的名詞，以表現它所代表物體感官上的感受性，使物性趨於一致。詩語言如果包含了一些常見的名詞，或久經襲用的語句時，便需要從中創造新句或發現新的字質關係，由月神話借代技巧的運用，即可說明如此的現象。

（二）借代月神話以與動詞配合，來達到動態意象的效果。如：

（1）喬公喬公急下手，莫逐烏飛兼兔走。

（呂巖「贈喬二郎」・卷八五九，頁 9707）

（2）出來看玉兔，又欲過銀河。

（施肩吾「笑卿卿詞」・卷四九四，頁 5589）

（3）我願造化手，莫放狐兔走。

（蘇拯「世途」・卷七一八，頁 8252）

（4）雞聲春曉上林中，一聲驚落蝦蟆宮。

（陳陶「雞鳴曲」・卷七四五，頁 8473）

（5）紅袖歌長金孴亂，銀蟾飛出海東頭。

（李中「思胊陽春遊感舊寄柴司徒」五首之一・卷七五〇，頁<br>8544）

（6）月娥揮手崦嵫峯，蠻天列嶂儼相待。

（陳陶「贈別離」・卷七四五，頁 8475）

（7）青田白鶴丹山鳳，婺女姮娥兩相送。〔註8〕

　　　　（張柬之「東飛伯勞歌」‧卷九九，頁 1067）

（8）嫦娥斂髮縮雲頭，玉女舒霞織天面。

　　　　（莊南傑「曉歌」‧卷八八四，頁 9989）

在中文的語態中，由於並未如英文有因時式而變化形態的字；再加上文言文中所常見的「矣」字絕少出現於詩中，及一些表示時態的字，如「了」「著」「過」等在唐朝的剛剛誕生，使得近體詩時代的詩並未有豐富表示時間的字眼〔註9〕。在此情形下，若要展現時間上的一種抽象「變化」，便須透過動詞以產生動態意象來完成。而動態意象的創造和安排，則得藉由高度的想像彈力把直綫式的敘述轉化為整體平面性的情境畫面〔註 10〕。因此，唐詩人以其對月神話的深切知覺感受，緊叩住月兔及蟾蜍飛跑、跳躍及嫦娥屬人的特性，適切地運用借代技巧，並將名詞與動詞作一縮合，以呈現出意象具體明確的特性。如以上舉例中的：「兔」「走」、「玉兔」「過」銀河、「落」「蝦蟆宮」、「銀蟾」「飛出」、「月娥」「揮手」、「姮娥」「送」、「嫦娥」「斂」髮「縮」雲頭等均是。如此以形象鮮明的月神話來借代月或時間，使詩中所描繪的意象愈具活動力，強烈地喚起讀者的共鳴。

## 二、功名的借代

　　以月和時間作借代對象，在唐詩中相當普通，另外還有以功名為借代對象，於詩中亦常見。詩人此時運用借代技巧，乃基於兩個作用：

　　　　（一）為配合對句意象。例如：

---

〔註 8〕婺女乃星星之代詞。內容由來請見二章註 75。
〔註 9〕參見梅祖麟、高友工「論唐詩的語法、用字與意象（中）」，《中外文學》一卷十一期，頁 103。
〔註 10〕參見朱光潛著《詩論》，頁 132。

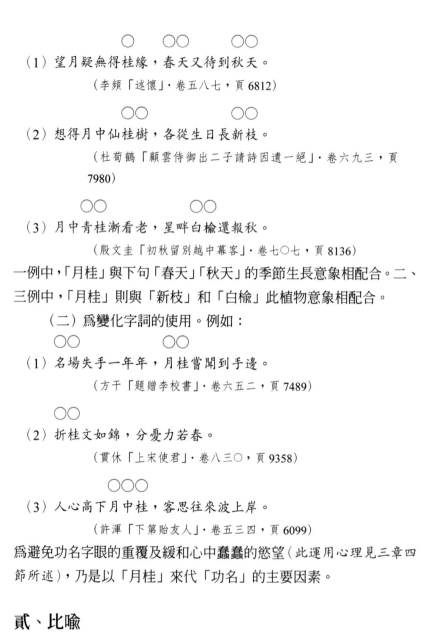

（1）望月疑無得桂緣，春天又待到秋天。

（李頻「述懷」·卷五八七，頁6812）

（2）想得月中仙桂樹，各從生日長新枝。

（杜荀鶴「顧雲侍御出二子請詩因遺一絕」·卷六九三，頁
7980）

（3）月中青桂漸看老，星畔白榆還報秋。

（殷文圭「初秋留別越中幕客」·卷七〇七，頁8136）

一例中，「月桂」與下句「春天」「秋天」的季節生長意象相配合。二、三例中，「月桂」則與「新枝」和「白榆」此植物意象相配合。

（二）爲變化字詞的使用。例如：

（1）名場失手一年年，月桂嘗聞到手邊。

（方干「題贈李校書」·卷六五二，頁7489）

（2）折桂文如錦，分憂力若春。

（貫休「上宋使君」·卷八三〇，頁9358）

（3）人心高下月中桂，客思往來波上岸。

（許渾「下第貽友人」·卷五三四，頁6099）

爲避免功名字眼的重覆及緩和心中蠢蠢的慾望（此運用心理見三章四節所述），乃是以「月桂」來代「功名」的主要因素。

## 貳、比喻

「比喻」是一種「借彼喻此」的修辭法。也就是借甲事物來比方說明乙事物。此技巧的運用，主要乃奠基於心理學的「統覺作用」

（Appercoption），其中涵蓋了聯想、比較與統合等的基本心理要素
〔註11〕。

　　「比喻」的技巧在我國詩文中，運用得相當普遍且重要。劉勰《文心雕龍》章句篇云：

> 詩人擬喻，雖斷章取義，然章句在篇，如繭之抽緒，原始要終，體必鱗次，啟行之辭，逆萌中篇之意；絕筆之言，追勝前句之旨，故能外文綺交，內義脈注，附萼相銜，首尾一體。

說明了詩人若善用比喻，便能達到詩中和諧及前後呼應、氣脈貫通的效果。「比喻」屬於我國詩傳統「賦、比、興」技巧中的「比」，鄭玄《周禮》大師注曾云：

> 比者，比方於物也。

朱熹《詩集傳》亦云：

> 比者，以彼物比此物也。

均提示了比喻中「比較」、「說明」的特點。

　　在比喻的技巧中，包括了以具體來比喻具體及以具體來比喻抽象兩類，此處須表明的是以具體比喻抽象，與「象徵」的意義近似，此中些微的不同，乃在於比喻技巧中的抽象情思，已經被點明、限制，具體意象與抽象情思間的關係，未如象徵那般地模糊不定。因此，在探討比喻關係中相比的甲乙兩者時，往往可以有十分確切的掌握。就文學作品的用典而言，「比喻」和「象徵」是其較深層的技巧。以下則將比喻分明喻（Simile）及隱喻（Metaphpor）兩項〔註12〕，來探討唐詩中月神話比喻技巧的運用及它呈現的意象和作用。

---

〔註11〕參同註6，頁227，及徐仲玉等著《修辭學論叢》，頁18。
〔註12〕自來論比喻者常喜巧立名目，如宋陳騤《文則》分為直喻、隱喻、類喻、詰喻、對喻、博喻、簡喻、詳喻、引喻、虛喻。而近來一些修辭學書，還別增了諷喻、提喻、換喻、聲喻、字喻、詞喻等項。因分類標準不一，而引起了相當地混淆，是以此處乃針對詩意象語言特性及詩評家所常使用的分析技巧，分為明喻和隱喻兩類。

## 一、明喻

「明喻」（Simile）又稱「直喻」，在「比喻」的修辭格中，是較易為人所理解的修辭方式。因「明喻」在相比的甲、乙兩者中，均直接以「若」「猶」「像」「似」「如」等，或其他類似的字眼牽合。因此，「明喻」的格式呈現得十分明顯。

唐詩人以此技巧運用月神話入詩的作品僅有兩首，全是擇取了其中的「嫦娥」：

（1）　　聞名腹肚已猖狂，見面精神更迷惑。

心肝恰欲摧，踊躍不能裁。

徐行步步香風散，欲語時時梅子開。

○靨疑織女留星去，眉似姮娥送月來。

含嬌窈窕迎前出，忍笑婆娑返卻回。

　　　　（無名氏「遊仙窟詩又贈十孃」末十句・全唐詩逸卷下，頁
　　　　10217）

（2）　　上陽遙見青春見，洛水橫流遶城殿。

波上樓臺列岸明，風光所吹皆流遍。

畫閣盈盈出半天，依稀雲裏見鞦韆。

○來疑神女從雲下，去似姮娥到月邊。

金閨待看紅粧早，先過陌上垂楊好。

　　　　（王冷然「寒食篇」其中十句・外編—《補全唐詩》，頁 22）

這兩首詩因篇幅長，所以僅節錄其中語意完整及相關的詩句。第一例是對心儀女子姿態面容上的描寫，每一句都呈現了動態的意象，七、八句則敘述佳人靜態的臉面及柳眉，而以「織女留星去」及「姮娥送月來」的生動想像作比喻。「眉」是一具體的形象，而其相比的對象又是「一彎新月」，此純就形似上著點的明喻，若僅述「眉似月」則不易使詩句生動突出，故而，詩中運用了姮娥女神的形象，再以姮娥「送」月此動詞切入其中，使佳人之美憑添活潑的生氣。第二例則是借嫦娥來比喻嬝娜的女子，其直接以雲中神女、月裏嫦娥作比喻，雙重摹寫，無疑說明嫦娥是女性「美」的代表了。

## 二、隱喻

「隱喻」（Metaphor）又稱「暗喻」，和「明喻」的最大不同點，在於省略了聯接比較雙方的「喻詞」──「如」「似」「若」「像」……等字。由於此處乃專就唐詩及運用月神話這兩個角度作探析，因此，將「隱喻」的界定範疇，乃採與「明喻」相對的立場，不必要因形式的不同而另立他詞〔註13〕。以詩所具有的意象特色而言，「明喻」有「喻詞」連接，所呈現的是明顯的類比意象，而「隱喻」所呈現的則是不明顯的類比意象，除了沒有「喻詞」外，類比兩者亦可能僅有一者出現，來暗喻說明另一者。

由於「隱喻」是以此物來「暗指」彼物，隱喻的本身（此物）並不是作者所意圖敘述、指涉的對象，因此，作者的情思往往透過隱喻技巧的折射再傳達出來。無論作者原先的情感是深邃或激烈，在經過選擇隱喻的思考活動後，藉由隱喻的緩衝，這種情感便不是直接的傾洩，而是被收斂凝聚在一特別的語言裡，並迂廻舒緩地展現出來。當月神話以隱喻技巧被運用於唐詩中時，吾人可注意的是：月神話本身卽已涵蓋了某一意義，隱喻述語令人想到某一指涉，而它的上下句或透過詩意指向，又令人聯想到另一指涉，因此，詩中的含意便會因兩種指涉的互動而加深，輾轉地把作者情思傳達出來。以下則依全詩以月神話爲隱喻，及詩中僅部份包括了月神話之隱喻二者來分析。

### （一）全詩以月神話為隱喻者

唐詩中通篇以月神話隱喻爲主者，共得盧仝的「月蝕詩」及韓愈的「月蝕詩效玉川子作」二首，這類詩詩題卽已將詩中所要隱喻的一方──「月蝕」表出。現僅以盧仝之「月蝕詩」作一分析〔註14〕：

---

〔註13〕黃慶萱以爲將「喻詞」換爲「是」的，乃是「隱喻」，省略「喻詞」的，是「略喻」。甚至再進一步將省略「比較主體」及「喻詞」的，稱爲「借喻」，此乃均就形式上所作的分類法。參同註6，頁 233～237。

〔註14〕盧仝另有一首詩題相同的「月蝕詩」：「東海出明月。清明照毫髮。

新天子卽位五年。歲次庚寅。斗柄插子。律調黃鐘。森森萬木夜殭立。寒氣贔屭頑無風。爛銀盤從海底出。出來照我草屋東。天色紺滑凝不流。冰光交貫寒曈朧。初疑白蓮花。浮出龍王宮。八月十五夜。比並不可雙。此時怪事發。有物吞食來。輪如壯士斧斫壞。桂似雪山風拉摧。百鍊鏡。照見膽。平地埋寒灰。火龍珠。飛出腦。卻入蚌蛤胎。摧環破壁眼看盡。當天一搭如煤炲。磨蹤滅跡須臾間。便似萬古不可開。不料至神物。有此大狼狽。星如撒沙出。爭頭事光大。奴婢炷暗燈。揜菼如玳瑁。今夜吐燄長如虹。孔隙千道射戶外。玉川子。涕泗下。中庭獨自行。念此日月者。太陰太陽精。皇天要識物。日月乃化生。走天汲汲勞四體。與天作眼行光明。此眼不自保。天公行道何由行。吾見陰陽家有說。望日蝕月月光滅。朔月掩日日光缺。兩眼不相攻。此說吾不容。又孔子師老子云。五色令人目盲。吾恐天似人。好色卽喪明。幸且非春時。萬物不嬌榮。青山破瓦色。綠水冰崢嶸。花枯無女豔。鳥死沈歌聲。頑冬何所好。偏使一目盲。傳聞古老說。蝕月蝦蟇精。徑圓千里入汝腹。汝此癡骸阿誰生。可從海窟來。便解緣青冥。恐是眶睫間。揜塞所化成。黃帝有二目。帝舜重瞳明。二帝懸四目。四海生光輝。吾不遇二帝。滉瀁不可知。何故瞳子上。坐受蟲豸欺。長嗟白兎擣靈藥。恰似有意防姦非。藥成滿臼不中度。委任白兎天何爲。憶昔堯爲天。十日燒九州。金爍水銀流。王焆丹砂焦。六合烘爲窯。堯心增百憂。帝見堯心憂。勃然發怒決洪流。立擬沃殺九日妖。天高日走沃不及。但見萬國赤子䰷䰷生魚頭。此時九御導九日。爭持節幡麾幢旒。駕車六九五十四頭蛟螭虯。掣電九火輈。汝若蝕開齱齵輪。御轡執索相爬鉤。推蕩轟訇入汝

朱弦初罷彈。金兎正奇絕。三五與二八。此時光滿時。頗奈蝦蟵兒。吞我芳桂枝。我愛明鏡潔。爾乃痕翳之。爾且無六翮。焉得升天涯。方寸有白刃。無由揚清輝。如何萬里光。遭爾小物欺。卻吐天漢中。良久素魄微。日月尚如此。人情良可知。」詩旨與本文所分析之「月蝕詩」相同。

喉。紅鱗燄鳥燒口快。翎鬣倒側聲醆鄹。撐腸挂肚磥傀如
山丘。自可飽死更不偷。不獨填飢坑。亦解堯心憂。恨汝
時當食。藏頭撅腦不肯食。不當食。張骨哆齒食不休。食
天之眼養逆命。安得上帝請汝劉。嗚呼。人養虎。被虎齧。
天媚蟇。被蟇瞎。乃知思非類。一一自作孽。吾見患眼人。
必索良工訣。想天不異人。愛眼固應一。安得常娥氏。來
習扁鵲術。手操春喉戈。去此晴上物。其初猶朦朧。既久
如抹漆。但恐功業成。便此不吐出。玉川子又涕泗下。心
禱再拜額榻砂土中。地上蟻虱臣全告愬帝天皇。臣心有鐵
一寸。可剗妖蟇癡腸。上天不爲臣立梯磴。臣血肉身。無
由飛上天。揚天光。封詞付與小心風。飈排閶闔入紫宮。
密邇玉几前擘坼。奏上臣全頑愚胸。敢死橫干天。代天謀
其長。東方蒼龍角。挿戟尾掉風。當心開明堂。統領三百
六十鱗蟲。坐理東方宮。月蝕不救援。安用東方龍。南方
火鳥赤潑血。項長尾短飛跋躄。頭戴井冠高逵枅。月蝕鳥
宮十三度。鳥爲居停主人不覺察。貪向何人家。行赤口毒
舌。毒蟲頭上喫卻月。不啄殺。虛眨鬼眼明突矞。鳥罪不
可雪。西方攫虎立踦踦。斧爲牙。鑿爲齒。偷犧牲。食封
豕。大蟇一嚠。固當軟美。見似不見。是何道理。爪牙根
天不念天。天若准擬錯准擬。北方寒龜被蛇縛。藏頭入殼
如入獄。蛇筋束緊束破殼。寒龜夏鼈一種味。且當以其肉
充膧。死殼沒信處。唯堪支牀腳。不堪鑽灼與天。歲星主
福德。官爵奉董秦。忍使黔婁生。覆尸無衣巾。天失眼不
弔。歲星胡其仁。熒惑矍鑠翁。執法大不中。月明無罪過。
不糾蝕月蟲。年年十月朝太微。支盧謫罰何災凶。土星與
土性相背。反養福德生禍害。到人頭上死破敗。今夜月蝕
安可會。太白眞將軍。怒激鋒鎧生。恆州陣斬酈定進。項
骨脰甚春蔓菁。天唯兩眼失一眼。將軍何處行天兵。辰星
任廷尉。天律自主持。人命在盆底。固應樂見天盲時。天
若不肯信。試喚皋陶鬼一問。一如今日。三台文昌宮。作
上天紀綱。環天二十八宿。磊磊尚書郎。整頓排班行。劍

握他人將。一四太陽側。一四天市傍。操斧代大臣。兩手不怕傷。弧矢引滿反射人。天狼呀啄明煌煌。癡牛與騃女。不肯勤農桑。徒勞含淫思。旦夕遙相望。豈尤籤旗弄旬朔。始搥天鼓鳴瑯琅。枉矢能蛇行。眵目森森張。天狗下舐地。血流河滂滂。譎險萬萬黨。架構何可當。眯目覕成就。害我光明王。請留北斗一星相北極。指麾萬國懸中央。此外盡掃除。堆積如山同。贖我父母光。當時常星沒。殞雨如迸漿。似天會事發。叱喝誅奸強。何故中道廢。自遺今日殃。善善又惡惡。郭公所以亡。願天神聖心。無信他人忠。玉川子詞訖。風色緊格格。近月黑暗邊。有似動劍戟。須臾癡蟇精。兩吻自決坼。初露半箇璧。漸吐滿輪魄。眾星盡原赦。一蟇獨誅磔。腹肚忽脫落。依舊挂穹碧。光彩未蘇來。慘澹一片白。奈何萬里光。受此吞吐厄。再得見天眼。感荷天地力。或問玉川子。孔子修春秋。二百四十年。月蝕盡不收。今子呪呪詞。頗合孔意不。玉川子笑答。或請聽逗留。孔子父母魯。諱魯不諱周。書外書大恩。故月蝕不見收。予命唐天。口食唐土。唐禮過三。唐樂過五。小猶不說。大不可數。災沴無有小大瘳。安得引衰周。研覈其可否。日分晝。月分夜。辨寒暑。一主刑。二主德。政乃舉。孰爲人面上。一目偏可去。願天完兩目。照下萬方土。萬古更不瞽。萬萬古。更不瞽。照萬古。（卷三八七，頁4364）

　　由詩題可知，這是以「月蝕」現象主題爲詩，來隱喻他事的。在月神話內容中，僅蟾蜍有「蝕月」的說法（見二章一節），因此，乃以蟾蜍蝕月作爲隱喻的主體，來隱喻王承宗拒命殺酈定進之事。由於每首詩的情思，大抵都能在意象結構中，得一充分的體現，故乃由意象結構入手作一探析。英國詩人及評論家艾略特（T. S. Eliot）曾提出所謂的「客觀投影」（Objective Correlative）的看法：也就是以一組事物或一個情況，作爲情感的公式，當這組事物或這個情況被呈現出來

時，這個情感也同時被激發〔註15〕。自先秦以來，「月蝕」的現象便廣為人們所厭惡、所恐懼，故而，可以理解的是，它所激發的通常也是人類的負面情感。藉由這組事物所呈現詭異恐怖的意象，使全詩免於過分流於敘述性和演繹性。

基本上，抽象的議論不是詩的本色，而這首詩由於是針對一叛將殺臣蔽君之事來立論，故而，得將抽象的議論化作具體的意象，才能點出詩的神韻。是以，作者以月神話作比喻，破除了單一抽象的議論，將月神話的各個要素結合起來：如月桂被摧倒、白兔擣藥防姦、嫦娥為醫家等。並且，色色逼真地將所要議論指涉的事與蟾蜍蝕月，形成了一真一幻的意象，複疊在同一畫面上（即如攝影時疊影的手法），作一影像的重疊，在讀者心中浮現出具體而交錯的意象，使原本的一種靜態敘述文字，轉變成動態演示的動作意象，而作者又以情入此動作意象中（如「臣心有鐵一寸。可剗妖蟆癡腸。」），使讀者能深切掌握到詩人情感，並詩人所欲議論的事。

它的主結構是：以月神話之要素來描寫月蝕之景，抒感、集中蝕月「蝦蟆精」可惡之描寫、抒感、點出指涉的主題——恆州陣斬酈定進之事，描寫月蝕已過的現象，舉出刑德政綱觀念。詩中隱喻的雙方同時出現，而月神話則是其中著墨最多的，與它配合的意象組有：黃帝二目之說、堯時九日妖為患、東方蒼龍與南方火鳥、鳥宮十三度、文昌宮及星宿、牽牛織女、天狗舐地、蚩尤搥天鼓等，大致可以歸納為兩個意象類型：一是天體型的意象類型——日、月和星宿；二是神話傳說世界的意象類型。這兩組意象交互穿插地運用結合，織構出虛幻縹緲詭異的世界，層層地加強突顯隱喻的主題。從月蝕此恐怖現象至回復清明，環環相扣地鋪寫，使蝦蟆蝕月的嚴重性亦逐步提高，而在此同時復點出所要隱喻的對象，兩種指涉即在此互動中增強了讀者的感受，達到運用隱喻技巧的目的。此正如

---

〔註15〕轉參自顏元叔著《文學經驗》，頁106。

顏元叔所說：

> 意象語與其形容或比喻之物的關係，可以看成橫斷面的關
> 係。意象語與文義格式（包括其他意象語）的關係，是縱
> 深的關係。兩層關西愈多愈能使某個意象語恰切。〔註16〕

### （二）詩部份以月神話為隱喻者

以隱喻技巧運用月神話，在詩中呈局部狀態者，由於僅佔詩的一部份，少了全首均隱喻性質之縱橫文義的效果及意象語間較強的互動和刺激。故而，在此僅專就運用月神話的那一聯來談，以雙方隱喻說明的共通點為基，點出所要隱喻指涉的對象，以下卽以月神話之要素作為分析的標目：

#### 1. 運用月兔的隱喻

唐詩人以隱喻技巧運用月兔的主要聯想比較基礎，乃在於月之皎潔與動物特質上。例如：

（1）　　驍駬何年別渥洼，病來顏色半泥沙。

四蹄不鑿金帖裂，雙眼慵開玉筯斜。

〇墮月兔毛乾觳觫，失雲龍骨瘦牙槎。

平原好放無人放，嘶向秋風首蓿花。

　　　　（曹唐「病馬五首呈鄭校書章三吳十五先輩」之一・卷六四〇，
　　　　頁7343）

（2）　　上瑞何曾乏，毛群表色難。

推於五靈少，宣示百寮觀。

〇形奪場駒潔，光交月兔寒。

已馴瑤草別，孤立雪花團。

戴豸慚端士，抽毫躍史官。

貴臣歌詠日，皆作白麟者。

　　　　（黃滔「省試內出白鹿宣示百官」・卷七〇六，頁8125）

第一例中，由詩題可知是首詠病馬的詩。六、七句運用了隱喻的技巧，上句以由月而落的月兔毛作隱喻，說明了病馬之毛色就如墮月兔毛般

---

〔註16〕同上注，頁73。

地枯乾没有色澤。而下句亦有「失雲龍骨」此性質類似的隱喻配合，誇張的隱喻效果加強了前四句陳述的內容。第二例亦是以動物外在之毛色爲比，此外，還融合了「寒」字之觸覺意象，形容白鹿色澤之光潔。綜觀唐詩中，運用月兎所作的隱喻，並無詩人情感的轉折於其中，因此，它所能加強的只是說明效果。

　　2. 運用月桂的隱喻

　　運用月桂神話所作的隱喻，其聯想說明的基礎，主要有三：

　　（1）功名。例如：

（1）　　盛名傳出自皇州，一舉參差便縮頭。

　　　　○月裏豈無攀桂分，湖中剛愛釣魚休。

　　　　童倫詩薫呈鄰叟，客乞書題謁郡侯。

　　　　獨泛短舟何限景，波濤西接洞庭秋。

　　　　　　　（可朋「贈方干」・卷八四九，頁 9611）

（2）　　採藍綠色麴塵開，靜見三星入坐來。

　　　　○桂影已圓攀折後，子孫長作棟梁材。

　　　　　　　（青蘿帳女贈穆郎「騫帳」・卷八六七，頁 9827）

（3）　○桂在蟾宮不可攀，功成業熟也何難。

　　　　今朝折得東歸去，共與鄉閭年少看。

　　　　　　　（盧肇「成名後作」・卷五五一，頁 6385）

第一例中，一、三聯均肯定了方干的才華（方干晚年及第事見三章四節所述），二聯乃以「月裡豈無攀桂分，湖中剛愛釣魚休。」來暗喻方干哪裏是不能得到功名呢？只是他喜愛垂釣閒適的生活罷了。月桂在唐詩中，常用爲功名的代詞（見借代）；此處，透過語意的曲轉說明，側面暗喻了方干能夠及第的才幹。在意象上，又能與下句「湖中剛愛釣魚休」達到景意調和的效果。二例中，則以「桂影已圓攀折後」來暗喻已經贏取功名，除了同時具有敍景的作用外，還造成下句「子孫長作棟梁材」的語意順承及相同的意象風格。三例中，則以「桂在蟾宮不可攀」來暗喻功名的難以獲得，加強說明下句「功成業熟也何難」的含意。

（2）高潔不染的性情。例如：

（1）　每憶家山卽涕零，定須歸老舊雲扃。

　　○銀河水到人間濁，丹桂枝垂月裡馨。

　　　霜雪不飛無翠竹，鯨鯢猶在有青萍。

　　　三千九萬平生事，卻恨南華說北溟。

　　　　　　（黃滔「寓題」・卷七○五，頁 8118）

（2）　擺落塵埃深處隱，欲將麋鹿混高蹤。

　　　兵機不讓韓擒虎，笑癖微方陸士龍。

　　○月窟常留丹桂在，家山貪臥白雲重。

　　　聖朝有詔徵遺逸，莫掛頭冠著澗松。

　　　　　　（王貞白「贈劉台處士」・外編一《全唐詩補逸》卷十四，頁

　　　　　　226）

一例中，藉由「銀河水到人間濁，丹桂枝垂月裡馨。」來暗喻：唯有
遠離塵俗煩擾，方能保有一片高潔清明的心境。「月裡丹桂」和上句
的「天上銀河」都是非人間的事物，二者在此聯中，形成相同的意象
類型，並且，還帶起了語意相反但卻暗喻主題一致的作用。二例的「月
窟常留丹桂在」亦是暗喻說明隱士常存玉潔冰清的性情。

（3）植物的質性。例如：

（1）　白向庚辛受，朱從造化研。

　　　眾開成伴侶，相笑極神仙。

　　　見焰寧勞火，聞香不帶煙。

　　○自高輕月桂，非偶賤池蓮。

　　　　　　（薛能「牡丹」其中四聯・卷五六○，頁 6503）

（2）　千金散義士，四坐無凡賓。

　　○卻折月中桂，持爲寒者薪。

　　　路傍已竊笑，天路將何因。

　　　垂恩儻丘山，報德有微身。

　　　　　　（李白「贈崔司戶文昆季」末四聯・券一六九，頁 1745）

（3）　紫皇宮殿重重開，夫人飛入瓊瑤臺。

　　　綠香繡帳何時歇，青雲無光宮水咽。

〇翩聯桂花墜秋月，孤鸞驚啼商絲發。

　紅璧闌珊懸珮璫，歌臺小妓遙相望。

　玉蟾滴水雞人唱，露華蘭葉參差光。

　　　　（李賀「李夫人歌」・卷三九〇，頁4400）

前兩首由於原詩過長，故擇取其中有關月桂之隱喻及語意完足之詩句。在第一例中，以「自高輕月桂，非偶賤池蓮。」來暗喻詩題「牡丹」優秀的質性，上句的月桂，在人們觀念中，具有清高、高雅的特質（見二章二節）。是以，用「輕」此動詞表示自高的牡丹對月桂的睥睨。下句的「非偶賤池蓮」亦屬同樣句法，此處「月桂」與「池蓮」，一是月神話之物，一是現實之物，然奠基在「清高」此客觀質性的相同上，造成了隱喻重疊的表現方式。第二例中，三、四句的隱喻乃基於一、二句而來。在三、四句中，「月中桂」與「寒者薪」一是高貴的代表，一是貧寒、微不足道的表徵，不論在意象上或意義上，都形成了強烈的對比，藉此強烈的對比，暗喻了「千金散義士」的意義。三例則是首悼亡傷逝的詩，全詩的六、七句運用了月桂花的翩翩凋落來隱喻佳人之死。雖然，植物的凋零常和傷逝的情感聯合一起，但此句中運用的「月桂」卻是唐時才有的運用方式，與句中的「秋月」，雙重地渲染了亡逝的色彩，而與下句以「孤鸞驚啼」暗比武帝的悲痛，在情感的指涉上都能呈現一致而調和的效果。此乃均奠基於月桂在唐以前予人的植物特性所作的隱喻。

　3. 運用蟾蜍的隱喻

　運用蟾蜍所作的隱喻，其聯想隱喻的基礎，全在於它「蝕月」的特性，有關此，前已言甚多，現僅舉一例略作說明。

　〇莓苔翳清池，蝦蟆蝕明月。

　　埋落今如此，照心未嘗歇。

　　願垂拂拭恩，為君鑒玄髮。

　　　　（沈佺期「古鏡」・卷九五，頁1026）

全首的第二句運用了「蝦蟆蝕明月」，配合首句「莓苔翳清池」，以呈

現相同的語義結構——「清池」被「翳」，而「明月」被「蝕」，「清」「明」均不復再現。此處同時涵蓋了兩個作用：一是敘古鏡之景，二是敘景的同時也隱喻了君之被蒙蔽而興起感懷。

　　4. 有關嫦娥的隱喻

　　運用嫦娥爲隱喻，其聯想基礎主要在其女性的特質上。例如：

（1）　　陵陽夜會使君筵，解語花枝出眼前。

　　　　○一從明月西沈海，不見嫦娥二十年。

　　　　　　（李涉「遇湖州妓宋態宜」二首之一・卷四七七，頁 5433）

（2）　　隴上泉流隴下分，斷腸鳴咽不堪聞。

　　　　○嫦娥一入月中去，巫峽千秋空白雲。

　　　　　　（崔涯「別妻」・卷五○五，頁 5741）

（3）　○得人憎定繡芙蓉，愛瑣嫦娥出月蹤。

　　　　侍女莫嫌攙素手，撥開珠翠待相逢。

　　　　　　（黃滔「啓帳」・卷七○六，頁 8131）

（4）　　秦地吹簫女，湘波鼓瑟妃。

　　　　○佩蘭初應夢，奔月竟淪輝。

　　　　夫族迎魂去，宮官會萃歸。

　　　　從今沁園草，無復更芳菲。

　　　　　　（韓愈「梁國惠康公主挽歌」・卷三四三，頁 3843）

第一例詩題已將作者描寫的主角點出，故而，「不見嫦娥二十年」乃暗喻不見佳人已二十年。此順承上句「一從明月西沈海」而來，在看似接續的語意上，又能同時暗喻出久不見佳人的情形。不僅將當年明月夜時離開的時間表出，而且，在意象上，能有一聯貫的表現。二例之情形亦然，「嫦娥一入月中去」乃隱喻了揮手道別妻子的身影逐漸沒去，與下句的「巫峽千秋空白雲」意象配合得極好，末句更是藉一「空」字點出了離別的心情。第三例則是藉「愛瑣嫦娥出月蹤」隱喻佳人的深瑣帳中。第四例是首挽歌——詩題已點明。三句暗比公主生一子名曰「蘭」，四句的「奔月竟淪輝」則運用了嫦娥奔月的神話，暗喻公主已逝的魂魄冉冉上升，如同嫦娥的奔入月中，光華不再而永不再返一般。以上均同是

運用了嫦娥女性的特質而與現實中之女子作一類比。此中可見的是，運用暗比的對象在作者心中都涵具特殊、重要、貌美等特質。

　　此外，還有將嫦娥女性柔美之特質指涉加以引申來暗喻花的嬌美。如：

（1）　　家家有芍藥，不妨至溫柔。

　　　　　溫柔一同女，紅笑笑不休。

　　　　○月娥雙雙下，楚豔枝枝浮。

　　　　　洞裡逢仙人，綽約青宵遊。

　　　　　　　　　（孟郊「看花」・卷三七六，頁 4217）

（2）　　蓓蕾抽開素練囊，瓊葩薰出白龍香。

　　　　○裁分楚女朝雲片，翦破姮娥夜月光。

　　　　　雪句豈須微柳絮，粉腮應恨帖梅妝。

　　　　　檻邊幾笑東籬菊，冷折金風待降霜。

　　　　　　　　　（徐夤「追和白舍人詠白牡丹」・卷七〇八，頁 8150）

這兩首詩運用嫦娥暗喻指涉的均是花，前者著重在花的搖曳生姿，宛如月娥的翩翩來臨，而後者著重在花的色澤，一如姮娥女神所有的皎月光，那般地潔白。

5. 綜合性的隱喻

　　將月神話中各個蘊涵意義的要素，以隱喻技巧聯合運用於詩中者，它的組合方式是月桂與嫦娥，隱喻的基礎與功名有關。如：

　　細看月輪真有意，已知青桂近嫦娥。

　　　　　　（羅隱──句。曾公類苑。裴筠娶蕭楚公女。便擢進士。隱詩

　　　　云云・卷六六五，頁 7624）

此為唐詩中的殘句，藉著詩下的說明，可知此詩句並不僅是表面的意義，而是運用了隱喻技巧於其中。句中的「青桂」即表示裴筠已擢進士，贏得功名，而「嫦娥」即指蕭楚公女，透過「青桂近嫦娥」來暗喻裴筠既得功名又得佳人。

　　藉由隱喻技巧的運用，從具體而具體或從具體而抽象，可見出唐詩人已掌握了月神話內涵的語意彈性，把其中一層的語意，移到相比

的對象上，而發揮它的語義深度。

## 參、象徵

象徵（Symbol）此表現手法和「隱喻」在本質上相當類似。亦即「隱喻」是間接性指涉的表現，而「象徵」亦是非直接的，以暗示來傳達作者的情意。此間的不同在於當典故用作隱喻時，是較徵實而凝定的，用作象徵時，形象則比較漂蕩，象徵者與被象徵者間的距離較小，甚或沒有距離〔註 17〕。象徵主義大師馬拉美（Stephane Mallarme）曾強調「象徵」手法「暗示」的特性：

> 指明一物件，便剝奪了一首詩最大的樂趣，蓋詩之樂趣乃
> 逐步流露也。〔註18〕

因此，我們可以說象徵的技巧即是：以具體的意象來暗示抽象的觀念和情感。它未如隱喻那般有確切的指涉，而是充滿了較多的曖昧性和不確性，此中需要讀者更多的想像去捕捉。

徐復觀先生云：

> 詩詞中的典故，乃是在少數幾個字的後面，隱藏了一個小
> 小世界；其象徵作用之大，製造氣氛之容易與豐富，是不
> 難想見的。〔註19〕

以「象徵」手法於詩中運用典故，常能渲染出作者無盡的情意，這也是典故運用的最高境界。然而，在唐詩中，以此表現手法運用月神話的例子卻較隱喻為少，現則舉三首詩例，分別依全首之意象及語意，來循絲看出月神話於其中的象徵運用。

（1）姮娥擣藥無時巳，玉女投壺未肯休。

　　　何日桑田俱變了，不教伊水向東流。

　　　　　　（李商隱「寄遠」‧卷五四○，頁 6209）

（2）雲母屏風燭影深，長河漸落曉星沈。

---

〔註17〕參同註4，頁 191～192。
〔註18〕見 Charles Chadwick 著，張漢良譯「象徵主義」，頁 2。
〔註19〕同註4，頁 128。

　　　　嫦娥應悔偷靈藥，碧海青天夜夜心。

　　　　　　（李商隱「嫦娥」・卷五四〇，頁 6197）

（3）昔年攀桂爲留人，今朝攀桂送歸客。

　　　秋風桃李搖落盡，爲君青青伴松柏。

　　　謝公南樓送客還，高歌桂樹凌寒山。

　　　應憐獨秀空林上，空賞數華積雪間。

　　　昨夜一枝生在月，嬋娟可望不可折。

　　　若爲天上堪贈行，徒使亭亭照離別。

　　　　　　（皎然「斐端公使君清席賦得青桂歌送徐長史」・卷八四五，

　　　　頁 9258）

第一例中，由詩題「寄遠」可知，是首寄遠方之人的詩，含意隱約
而深刻。第一句卽運用了「姮娥擣藥無時已」，下句亦有同樣句法的
「玉女投壺未肯休」與之相對。詩人以主觀的情感自「無時已」的
角度來言月神話中，象徵長生的「擣藥」，它的涵義自然不止於字面
上所透露的，爲探求此象徵手法的形成，再從第三句來看——「何
日桑田俱變了」。「何日」是在時光隧道中，暮然回首所發出的驚歎
語，「桑田」則代表了過往的種種，予人蕭瑟、蒼涼的感受，「俱變
了」則驟然有昔日一切全然不再的心悸。此中可見其所涵括的澎湃
情感，均凝聚在此七字之中。接著末句語氣陡然一轉——「不教伊
水向東流」湧出一股決斷的心情，句中的「流水」意象，當象徵時
光的流逝，如孔子卽曾於河上發出「逝者如斯夫！不舍晝夜」（《論
語》子罕篇）的感歎。由三、四句詩人對逝去時光，或過往人事的
強烈感懷，吾人可捕捉住「姮娥擣藥無時已」在此詩中，所暗示的
一種對恒常流動時光，或身經事物消逝的欲留卻不能的徒然無奈之
感。其作用正如傅孝先所說：

　　　作者之感覺是以這一象徵爲起點，從而一波一波地推出
　　　去，包含甚廣。〔註20〕

　　第二例中所呈現的象徵暗示手法則是更高一層的境界，義山的

────────────
〔註20〕傅孝先著《困學集》，頁 281。

這首「嫦娥」詩，可謂是唐詩中運用月神話的極致。因為，他的技巧早已與月神話化而無痕了，此高妙境界僅能以「羚羊掛角，無迹可求」(《滄浪詩話》詩辨三) 來形容。先從詩語言、意象來看。首二句即發揮了中國詩不用主位格語的特色，呈現了兩組獨立而相依的意象，先看此中所呈現的單純意象〔註21〕：雲母、屏風、燭影、長河、曉星，這一連串名詞意象的並置，所喚起的是夜半時的光景與陰涼的感覺。此處詩人運用了蒙太奇的處理方式〔註22〕，由一短距離場景到一長距離場景、鏡頭逐漸地拉長，此中又以相當凝重的「深」「落」「沈」三字聯接，逐步地渲染出幽深空靜的氣氛與情調。作者的幽幽心思亦在此時悄悄隱入詩的肌理中去。到了第三句「嫦娥應悔偷靈藥」，即是詩人心境的告白，也因前有氣氛的層層渲染，而此又有詩人強烈主觀情感的滲入，使得嫦娥神話在此運用中，充滿了深厚的生命力，同時也離開其具體明確的性質，而上升為意味地、氣氛地、情調地存在，與詩人所要表達的感情，於微茫蕩漾之中，成為主客一體〔註23〕，它所暗示象徵的抽象情思，即隱約涵蘊在「應悔」二字中，而將難以言盡的懊悔寂寥愁緒，輕洩下句的「碧海青天夜夜心」。「碧海」與「青天」此二意象，均是予人浩瀚無垠、廣漠無邊的感受，尤其是「碧」與「青」的色彩，更帶有冰冷寧靜透明的感覺〔註24〕，而「夜夜心」即在此中象徵著無盡時間裡的心靈孤寂，是嫦娥的感受，也是詩人內心深處高處不勝寒的寂寞感，由中更加迴盪著不盡的言外之情。

〔註21〕「單純意象」即指喚起感官知覺或引起心象，而不牽涉另一事物的語言表現。參見劉若愚原著，杜國清譯《中國詩學》，頁152。
〔註22〕關於如何利用電影蒙太奇的手法來處理詩意象，在葉維廉「中國現代詩的語言問題」及「語法與表現」二文有詳盡的闡述，二文分別收於氏著《秩序的生長》及《比較詩學》二書，頁165～191；頁27～85。
〔註23〕參同註4，頁191。
〔註24〕參見黃永武著《詩與美》，頁24及48。有關於「青」與「碧」色彩的說明。

　　第三例的象徵手法則與前二者不同，它是全詩均圍繞在「月桂」上，此中主要的情感，卽從第一句「送客」、「留人」今昔的對比處開始，如水波漣漪般地陣陣傳盪出去。每一句都有關於「月桂」的描寫，而每一句也都暗藏著作者的情思，作者不明白點出，而是迂迴曲折地敍述月桂：「爲君青青伴松柏」、「高歌桂樹凌寒山」、「應憐獨秀空林上」、「空賞敷華積雪間」，作者的情思卽在此迴旋反復中暗示出依依的離情，末兩句的「若爲天上堪贈行，徒使亭亭照離別。」則使「月桂」更如同「楊柳」一般，成了送別時的紀念象徵了。

　　唐詩中，月神話在經過技巧性的運用之後，由於它傳達了詩人的心境感受，再加上其中的意象重複出現。因此，我們可以針對以上各表現手法的分析，歸納出月神話各個要素所具有的象徵意義：

嫦娥：長生、女性、柔美、寂寞、時間、亡逝

蟾蜍：傷害、時間

月兎：長生、時間

月桂：長生、清高、雅潔、隱逸、離別、功名、時間、亡逝

# 第五章　結　論

　　神話無論表現爲何種形式，具有敍事的要素是其一大特性。就中國神話而言，它的敍事普遍呈現一零散而簡略的面貌，大部份是神話的素材，故事結構完整的神話並不多。觀察月神話的內容，卽可說明這個現象。除了嫦娥奔月的神話子題較具情節故事性外，其餘的月中之物神話子題，均呈現了簡陋零散的記述特色。因此，基本上，我們可以月的「神話羣」此概念詞來了解。

　　在月神話的記述保留過程中，追溯其記錄的源頭，吾人可見，均尚保有了質樸簡潔的神話語言特性。就內容演變而言，嫦娥奔月還與西王母神話及射日的羿神話，有一結合。此二者乃輔助並增强了嫦娥奔月的故事情節。大體說來，月神話於兩漢時約已記錄完成，而出現於晉文獻中的「月兎擣藥」及「月中有桂」記載，亦可由漢之畫像磚中尋得線索。此條列式記述的月神話要素——嫦娥（奔月爲月精、奔月變形爲蟾蜍）、蟾蜍（蝕月），月兎（擣藥）、月桂，有其各自獨立的象徵意義。然以結構人類學的觀點來看，則可知其中呈現了「不死」的主題。因此，它們雖看似各個獨立，但卻以此精神來貫串。嫦娥吞不死藥方得奔月，而白兎在月中則擣不死藥，爲一長生使者，月中蟾蜍又有一長壽的象徵意義，月桂則更是具有長青永不衰絕的意義。由此看來，這四個月神話要素又是如此緊密不分的了。雖然如此，一當

詩人在運用月神話時，卻並不將之視爲整體來看，而是針對其各個要素所依附的不同人文背景和主題，依據詩旨的需要，或是根據詩中藝術美感的要求，作一選取運用。

在唐以前，月神話於詩中的運用，主要而大量地出現於南北朝時期，較之於唐而言，這是詩人運用月神話的嘗試期，此運用的結果，主要在使詩中素材有多樣的表現。而且，在字句意象上，形成一種修辭上的美感。此時，嫦娥、月桂在詩人的敍述中，逐漸突出了嫦娥女神端居月中秀美的形象，及月桂清高、雅潔的特質。除此，詩人還嘗試以月神話代月及零星地以隱喻技巧運用月神話。然總括而言，詩人運用的背景心態卻無甚可述，而在月神話意涵上，亦沒有豐富地展現。到了唐朝，唐詩人運用月神話，則無論在運用的意旨和方式上，都明顯地有一很好的成績。此時，唐詩人運用月神話的背景因素，涵蓋的範圍已擴大許多，早已超越了唐以前運用月神入詩，爲變化字句敍述性或意象美的單純目的。主要可歸納爲政治、社會因素的運用背景；人類潛意識及人間情意、主觀玄想因素的運用背景。

由於在月神話要素中蟾蜍蝕月的神話內容與中國政治傳統裏的天人相感、日德月刑觀念相結合，兩漢時期，卽見史遷以「月刑相佐，見食於蝦蟆」的記述來說明月蝕現象。到了唐朝，詩人們爲強化自身對政治的感懷，便運用月蝕神話；再加以蟾蜍醜陋、恐怖的外形，正可用以說明政治不清明的導因，所予人的痛惡之感。所以，雖然蟾蜍在唐詩中的運用次數並不高，但卻已是唐人政治表態譏諷下的運用主角，其餘月神話要素則均配合出現。如此運用的情形並不見於六朝詩中，除了前所述六朝重修辭、意象美的作詩態度，及六朝詩風漸趨唯美的盛行外，有兩個很重要的因素是：在於六朝士子對當時政治狀況消極、逃避的態度，及運用神話素材入詩尚未蔚成風氣。是以，自然無法如唐詩人能鋪陳、靈活地運用蟾蜍蝕月以譏諷朝政。在這方面，唐詩人無疑是運用得相當成功的。

而在社會因素的運用背景上，主要是指運用月神話以抒陳唐士子

對功名的渴望。唐朝特重進士的考試制度，使得寒門子弟也有晉身仕途的希望，在此激烈的競爭下，詩人透過種種媒介來暗示功名對自身的強烈吸引。而「月桂」卽是其中運用頻繁的素材，在唐詩人心目中，月桂已成爲功名的象徵。月桂神話之所以會與唐士子心之所嚮的功名，有如此密切的結合，則由於晉郤詵舉賢良對策第一，而自比爲有如「桂林一枝」的典故在唐朝的流行，自然當其與月神話一結合後，「月桂」卽成爲此中運用表陳的對象，在此運用心態下所呈現的詩，由於多是酬賀，或爲表現對及第的欲求，是以，詩人多半不在月神話的素材運用上多費心思，而是於詩中陳述心中的狀態。這一類詩，雖然呈現的詩人心態很多樣化，但表現出的詩意及對月神話的運用技巧，卻是十分貧乏的。

另有關潛意識的運用背景，則是指唐詩人運用月神話以反映其對時間生命的種種感懷。雖然，詩人運用神話入詩是屬一有意識的行爲，然一當詩人透過神話所欲表現的主題與神話母題相疊合時，便同時刺激了上古以來人類潛意識中的共通因子，由此基點而迴旋發展出不同的豐富面貌；再加以中國人對時間的特殊敏感性，因此，唐詩人卽相當多角度地運用月神話「不死」的主題象徵，分別在生死、永恆、時間等相關子題上，有了一豐富而多樣的表態。這也是唐詩人在不同運用背景下，能將自我心靈與月神話意義的運用，發揮得最爲深刻而精彩的一項，呈現的詩也較具內涵。

人間情意及主觀玄想因素的運用背景，卽指唐詩人在抒陳其相思離情，和對月神話本身所生發的感懷和想像的背景下，運用月神話。在這方面，詩中所要表現的主題和月神話本身的象徵意義，與詩人運用背後的人文背景，並無大的關係。主要在變化詩中的素材運用，當然，在此中，詩人的想像空間，結合了客觀實景與主觀想像的能力，似將己融入月神話世界中，而又似將己抽離出來，抒發個人感受。無形中，將詩境擴大了許多，此時，詩人運用月神話技巧的高妙與否，便是其中表現的一個重要因素了。

其本上，大部份的唐詩人運用月神話，並不將之視爲詩中最主要的舖陳素材，因此，多半的詩人都是於詩中的局部運用月神話。就表現的手法而言，已較六朝時期大多僅停留在題材敍述，及簡單的借代、隱喻技巧更進一層。不僅在借代、隱喻技巧上，能有更爲生動的表現，而且，還出現了以象徵表現手法運用月神話的作品。然而，作品數量僅數首而已，探究其因，主要是月神話的象徵意義在唐以前均已固定的了，因此，在內涵意義的容易掌握下，無怪乎唐詩人大多直接以借代，或間接以比喻的技巧來運用入詩了。

月神話在唐詩中的運用，已如前所述，大部份乃零散地出現。在此運用過程中，吾人可發現，月神話早期象徵意義產生很明顯的解消作用。爲便於對照了解，在此將月神話的早期象徵及唐詩中的象徵意義，以表格方式附記於下：

| | 月神話早期象徵意義 | 唐詩中月神話象徵意義 |
|---|---|---|
| 嫦　娥 | 追求不死與永恆、超脫形限、再生、繁衍 | 長生、女性、柔美、寂寞、時間、亡逝 |
| 蟾　蜍 | 繁衍、長生、蝕月 | 傷害、時間 |
| 月　兔 | 長生 | 長生、時間 |
| 月　桂 | 長生、清高、雅潔 | 長生、清高、雅潔、隱逸、離別、功名、時間、亡逝 |

由月神話在唐詩中的運用情形及以上的比對，可知嫦娥變形蟾蜍此重要的神話情節和意涵，以及蟾蜍繁衍、長壽的意義，均不再被提起，另嫦娥「奔」月的追求不死和再生，及脫化形限的神話意義亦已解消。詩人追求永恆、不死的主題，不再透過運用「嫦娥奔月」這個行動來完成，而是把月神話各個要素披上不死的外衣，作一靜態的呈現。自然，如此的力量是要較原來月神話的象徵意義薄弱許多。不過，在此同時，也已純化了月神話的藝術性表現。

由月神話在唐詩中內在意義的流動轉化看來，可見各個要素均已增加了時間的象徵意涵。此外，還可見其中的主角形態逐漸接近了

「人」的特質，由於人性的濃厚化趨向，使得神話感染了更多藝術和文學的氣氛和性質。月神話中的嫦娥，在唐詩人的運用下，她姣美的形象已相當突出鮮明，而在月中也有了孤單寂寞的情感，此即是神話文學化的顯著例子。另外，月桂的運用，除了象徵隱逸、離別、亡逝的意義外，大部份亦都是圍繞在功名上，更是含有相當濃厚的人文色彩。蟾蜍亦是，自漢魏六朝詩起，它的早期象徵意義即不受人重視，在唐詩中，只有它蝕月的象徵意義，結合了政治傳統背景，廣為唐詩人運用。蟾蜍神話意義的解消，可謂是至為徹底的。此外，月兔的神話意義較單純，是一長生的象徵意義，唐詩人較少運用它的象徵意涵，倒是「月兔」的形象，常教唐詩人運用至描寫日與月之更替、時間流逝的動態意象，還有它毛色潔白與月相輝映的形象。

　　以持平的角度觀之，除非我們回到更早甚或上古時期，否則，神話愈到後代，或當其與任一人文範疇相交流時，神話內在意義的解消便是不可免的現象。既然不可免，那麼，倒也不必以為詩人的運用神話，是對神話的一種戕害了。由此角度，吾人可見，唐詩與月神話事實上呈現一相互孳乳的關係。因為，詩人運用月神話除了可增強詩中旨意外，還能賦予詩人一想像寄寓的空間，而月神話則在唐詩人的運用下，增加了本身的象徵意義，由於依附的人文背景不同，也逐漸表露其各個要素的意義生命發展，二者之間的相互作用力，是不可謂不大的。

# 附　圖

圖（1）：長沙馬王堆一號漢墓出土之帛畫。印自湖南省博物館于明昭編輯
　　　　《馬王堆漢墓研究》

圖（2）：隨縣曾侯乙墓出土之畫。印自湯炳正著《屈賦新探》

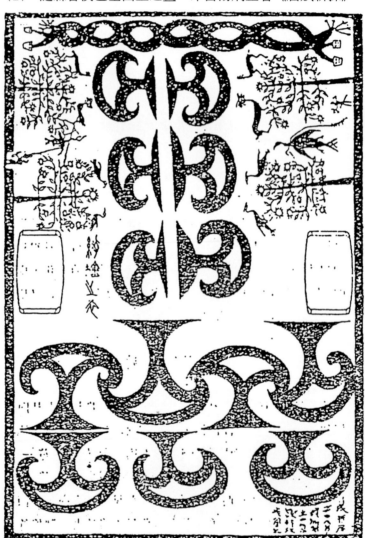

圖（3）：畫像左刻一金烏，右刻一月輪，月內雕蟾蜍，月輪兩側各
　　　　有五星，這是一幅日月同輝的圖像，古人認爲它是祥瑞的象
　　　　徵。（拓片尺寸〈高×寬〉厘米　140×36）印自關修山，陳
　　　　繼海、王儒林編《南陽漢代畫像石刻》

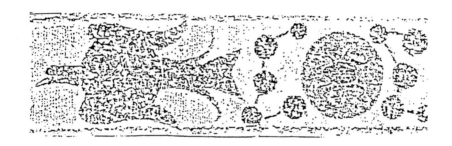

圖（4）：畫像左刻日輪，內有金烏，右刻相連三星及月亮，月內刻
　　　　有蟾蜍；日月之間有雲氣相連，亦爲祥瑞之象。（拓片尺寸
　　　　〈高×寬〉厘米 35×124）出處同圖（4）

圖（5）：四川成都市郊出土之「日神」「月神」拓片。印自劉志遠等
著《四川漢代畫像磚與漢代社會》

圖（6）：四川邛崍縣出土之「日神」「月神」拓片。出處同圖（5）

圖（7）：山東沂南北寨出土之「西王母」「東王公」拓片。印自吳
　　　曾德著《漢代畫像石》

# 附　表

表（1）　月神話四要素出現於詩中次數表

|  | 漢 魏 六 朝 詩 | 唐　　　詩 |
|---|---|---|
| 嫦　娥 | 14 | 129 |
| 蟾　蜍 | 3 | 102 |
| 月　兔 | 11 | 84 |
| 月　桂 | 20 | 154 |

表（2）　其他要素配合出現於詩中次數表

|  | 漢 魏 六 朝 詩 | 唐　　　詩 |
|---|---|---|
| 西王母 | 2 | 4 |
| 不死藥 | 1 | 16 |
| 羿 | 1 | 3 |
| 月　宮 | 0 | 18 |
| 吳　剛 | 0 | 3 |

# 參考書目舉要

（一）

1. 《十三經注疏》，清・阮元校刊，台北：藝文印書館，1955。

2. 《尚書大傳》，漢・伏勝撰，台北：商務印書館，四部叢刊。

3. 《詩集傳》，宋・朱熹撰，台北：商務印書館，四部叢刊續編。

4. 《周禮注疏》，漢・鄭玄注・唐賈公彥疏，台北：藝文印書館，1973。

5. 《春秋左傳正義》，晉・杜預集解、唐孔穎達正義，台北：藝文印書館，1973。

6. 《方言》，漢・揚雄撰、晉郭璞注，日本：京都中文出版社，漢魏叢書，1978，三版。

7. 《說文解字通釋》，漢・許慎撰、清徐鍇注，台北：文海出版社，1962。

（二）

1. 《史記》，漢・司馬遷撰、宋裴駰集解、唐司馬貞索隱，台北：鼎文書局，1977。

2. 《漢書》，漢・班固撰，台北：鼎文書局，1981，四版。

3. 《新校三國志注》，晉・陳壽撰、宋裴松之注，台北：世界書局，1972。

4. 《舊唐書》，晉・劉昫等撰，台北：鼎文書局，1977。

5. 《新唐書》，宋・歐陽修等撰，台北：鼎文書局，1977。

6. 《資治通鑑今注》，宋・司馬光撰、李宗侗、夏德儀等校注，台北：商務印書館，1966。

7. 《世本八種》，漢・宋衷注，清秦嘉謨等輯，台北：西南書局，1974。

8. 《戰國策》，漢・劉向集錄，台北：河洛圖書出版社，1980。

9. 《唐大詔令集》，宋・宋敏求編，台北：商務印書館，1982。

10. 《唐才子傳》，元・辛文房撰，粵雅堂叢書古刻版。

11. 《唐才子傳》，元・辛文房撰，台北：世界書局，1960。

12. 《輿地紀勝》，宋・王象之撰，台北：文海出版社，1963。

13. 《水經注》，後魏・酈道元撰，台北：商務印書館，四庫全書。

14. 《南方草木狀》，晉・嵇含撰，台北：商務印書館，四庫全書。

15. 《大唐西域記校注》，唐・玄奘撰、季羨林等校，台北：新文豐書局，1987。

16. 《一切經音義》，唐・釋元應撰、清孫星衍等校，台北：商務印書館，宛委別藏，1981。

17. 《通典》，唐・杜佑撰，台北：新興書局，1959。

18. 《唐會要》，宋・王溥撰，台北：世界書局，1963，二版。

19. 《二十二史箚記》，清・趙翼撰，台北：樂天出版社，1971。

（三）

1. 《本草綱目》，明・李時珍撰，台北：鼎文書局，1973。

2. 《鶡冠子》，不著撰人，台北：古今文化出版社，百子全書，1963。

3. 《淮南子注》，漢・劉安撰、漢高誘注，台北：世界書局，1962。

4. 《蘇氏演義》，唐・蘇鶚撰，台北：商務印書館，四庫全書。

5. 《避暑錄話》，宋・葉夢得撰，台北：商務印書館，四庫全書。

6. 《呂氏春秋集釋等五書》，秦・呂不韋撰、漢高誘注、許維遹輯，台北：世界書局，1961。

7. 《義門讀書記》，清・何焯撰，台北：商務印書館，四庫全書。

8. 《論衡集解》，漢・王充撰、劉盼遂集解，台北：世界書局，1962。

9. 《封氏聞見記》，唐・封演撰，台北：廣文書局，1968。

10. 《說郛》，明・陶宗儀編撰、張宗祥校，台北：新興書局，1963。

11. 《藝文類聚》，唐・歐陽詢等編撰，台北：新興書局，1969。

12. 《初學記》，唐・徐堅等編撰，台北：新興書局，1972。

13. 《太平御覽》，宋・李昉等纂修，台北：明倫出版社，1975。

14. 《古今圖書集成》，清・陳夢雷等編，台北：鼎文書局，1977。

15. 《世說新語》，南朝梁・劉義慶撰，台北：藝文印書館，1968，再版。

16. 《山海經校注》，袁珂注，台北：里仁書局，1981。

17. 《山海經圖讚》，晉・郭璞撰，台北：古今文化出版社，百子全書，1963。

18. 《穆天子傳》，晉・郭璞注，台北：廣文書局，1981。

19. 《神異經》，舊本題漢東方朔撰、晉・張華注，台北：古今文化出版社，1963。

20. 《海內十洲記》，託名漢東方朔撰，台北：商務印書館，四庫全書。

21. 《漢武故事》，託名漢班固撰，台北：商務印書館，四庫全書。

22. 《漢武帝內傳》，託名漢班固撰，台北：商務印書館，四庫全書。

23. 《拾遺記》，晉・干寶撰，台北：商務印書館，四庫全書。

24. 《搜神記》，晉・干寶撰，台北：鼎文書局，1978。

25. 《開天傳信記》，唐・鄭綮撰，台北：商務印書館，四庫全書。

26. 《博物志校證》，晉・張華撰、范寧校證，台北：明文書局，1981。

27. 《唐摭言》，五代・王定保撰、清蔣光煦校，台北：世界書局，1967，再版。

28. 《唐語林》，宋・王讜撰、清錢熙祚校，台北：世界書局，1967，再版。

29. 《龍城錄》，託名唐柳宗元撰，台北：新興書局，稗海，1968。

30. 《酉陽雜俎》，唐・段成式撰，台北：源流出版社，1982。

31. 《列子》，晉・張湛注，台北：藝文印書館，1958。

32. 《抱朴子內篇校釋》，晉・葛洪撰、清孫星衍校釋，台北：里仁書局，1986。

33. 《莊子集釋》，清・郭慶藩集釋，台北：世界書局，1981，五版。

（四）

1. 《楚辭四種》，漢・劉向編、王逸章句、清洪興祖補注，台北：華正書局，1978。

2. 《楚辭注八種》，台北：世界書局，1965，再版。

3. 《楚辭天問新箋》，臺靜農著，台北：藝文印書館，1972。

4. 《天問正簡》，蘇雪林著，台北：廣東出版社，1974。

5. 《文選》，梁・蕭統編、唐李善注，台北：華正書局，1982。

6. 《全上古三代秦漢三國六朝文》，清・嚴可均編，日本：京都中文出版社，1981，三版。

7. 《樂府詩集》,宋・郭茂倩編,台北:里仁書局,1980。

8. 《玉臺新詠箋注》,陳徐陵編、清吳兆宜注,台北:明文書局,1988。

9. 《古詩源箋注》,清・沈德潛選編、清王蒓父箋注,台北:華正書局,1975。

10. 《唐詩鼓吹箋注》,元・郝天挺注、元廖文本解,台北:新文豐出版公司,1975。

11. 《文心雕龍注釋》,梁・劉勰撰、周振甫注,台北:里仁書局,1984。

12. 《唐詩紀事》,宋・計有功撰,台北:木鐸出版社,1982。

13. 《詩人玉屑》,宋・魏慶之撰,台北:世界書局,1980,五版。

14. 《苕溪漁隱叢話》,宋・胡仔纂輯,台北:木鐸出版社,1982。

15. 《文則》,宋・陳騤撰,台北:商務印書館,1965。

16. 《唐音癸籤》,明・胡震亨撰,台北:世界書局,1960。

17. 《詩比興箋》,清・陳沆撰,台北:藝文印書館,1970。

18. 《滄浪詩話校釋》,清・嚴羽撰、郭紹虞校釋,台北:里仁書局,1987。

19. 《說詩晬語詮評》,清・沈德潛撰、蘇文擢詮評,台北:文史哲出版社,1985,再版。

20. 《唐詩別裁》,清・沈德潛選注,台北:商務印書館,1956。

21. 《人間詞話》,王國維撰,台北:開明書店,1975,十六版。

22. 《百種詩話類編》,臺靜農編輯,台北:藝文印書館,1974。

（五）

1. 《全漢三國晉南北朝詩》,清・丁福保編,台北:世界書局,1962。

2. 《全唐詩》,清・聖祖敕編,台北:文史哲出版社,1978。

3. 《全唐詩稿》,清・錢謙益、季振宜同輯,台北:聯經出版公司,1979。

4. 《全唐詩外編》,台北:木鐸出版社,1983。

5. 《李太白全集》,台北:九思出版公司,1979。

6. 《李太白集校注》,瞿蛻園等校注,台北:里仁書局,1981。

7. 《杜詩詳注》,仇兆鰲注,台北:里仁書局,1980。

8. 《杜詩叢刊》,台北:大通書局,1974。

9. 《李賀詩集》,台北:里仁書局,1980。

10. 《李賀詩注》,明・曾益等注,台北:世界書局,1964。

11. 《韓昌黎詩繫年集釋》,錢仲聯編,台北:學海出版社,1985。

12. 《玉谿生詩詳註》，清‧馮浩注，台北：華正書局，1977。

13. 《李義山詩集箋注》，清‧朱鶴齡箋注、清程夢星刪補，台北：廣文書局，1972。

14. 《李商隱詩集疏注》，葉葱奇疏注，台北：里仁書局，1987。

（六）

1. 《屈賦新探》，湯炳正著，濟南：齊魯書社，1984。

2. 《中國文學史》，葉慶炳著，台北：學生書局，1987。

3. 《中國文學發展史》，劉大杰著，台北：華正書局，1980。

4. 《魏晉南北朝文學思想史》，張仁青著，台北：文史哲出版社，1978。

5. 《中國文學史論文選集》，羅聯添編，台北：學生書局，1979。

6. 《中國文學論集》，徐復觀著，台北：學生書局，1979，三版。

7. 《中國文學理論》，劉若愚著、杜國清譯，台北：聯經出版公司，1981。

8. 《中國文化新論──文學篇（一、二）》，台北：聯經出版公司，1982。

9. 《文學論》，韋勒克（Re'ne Wallek）、華倫（Austin Warren）著、王師夢鷗、許國衡譯，台北：志文出版社，1979，再版。

10. 《中國詩歌史》，張敬文著，台北：幼獅出版公司，1970。

11. 《中國古典詩歌評論集》，葉嘉瑩著，台北：源流出版社，1983。

12. 《中國詩歌研究》，羅宗濤等著，台北：中央文物供應社，1985。

13. 《中國詩學》，劉若愚著、杜國清譯，台北：幼獅文化公司，1985，五版。

14. 《中國詩學──設計篇》，黃永武著，台北：巨流圖書公司，1985。

15. 《中國詩學──考據篇》，黃永武著，台北：巨流圖書公司，1986。

16. 《中國詩學──思想篇》，黃永武著，台北：巨流圖書公司，1986。

17. 《中國詩學──鑑賞篇》，黃永武著，台北：巨流圖書公司，1987。

18. 《詩論》，朱光潛著，台北：漢京出版公司，1982。

19. 《唐代文學全集》，劉中和著，台北：世界文物出版社，1979，再版。

20. 《唐詩通論》，劉開揚著，台北：木鐸出版社，1983。

21. 《唐詩論叢》，陳貽焮著，湖南：人民出版社，1980。

22. 《唐詩論文選集》，呂正惠編，台北：長安出版社，1985。

23. 《唐詩的世界》，台北：木鐸出版社，1985。

24. 《敦煌的唐詩》，黃永武著，台北：洪範出版社，1987。

25. 《李太白研究》，夏敬觀等著，台北：里仁書局，1985。

26. 《韓愈研究》，羅聯添著，台北：學生書局，1981，再版。

27. 《李商隱評傳——詩人的生死愛恨及其創作藝術》，楊柳著，台北：木鐸出版社，1985。

28. 《李義山詩析論》，張淑香著，台北：藝文印書館，1987，二版。

29. 《李商隱詩研究論文集》，國立中山大學中文學會主編，台北：天工書局，1984。

30. 《詩詞曲語辭匯釋》，張相著，台北：中華書局，1962，台一版。

31. 《逍遙遊》，余光中著，台北：文星出版社，1967，五版。

32. 《藝術哲學》，亞德烈（Virgil C. Aldrich）著、周浩中譯，台北：水牛出版社，1974。

33. 《藝術的奧秘》，姚一葦著，台北：開明書店，1985，十版。

34. 《二度和諧及其他》，施友忠著，台北：聯經出版公司，1976。

35. 《文學經驗》，顏元叔著，台北：志文出版社，1977，再版。

36. 《困學集》，傅孝先著，台北：時報文化出版公司，1979。

37. 《秩序的生長》，葉維廉著，台北：志文出版社，1971。

38. 《飲之太和》，葉維廉著，台北：時報文化出版公司，1980。

39. 《迦陵談詩》，葉嘉瑩著，台北：三民書局，1984，五版。

40. 《詩與美》，黃永武著，台北：洪範書店，1985，三版。

41. 《詩史本色與妙悟》，龔鵬程著，台北：學生書局，1986。

42. 《比興、物色與情景交融》，蔡英俊著，台北：大安出版社，1986。

43. 《論形象思維》，亞里士多德等著，台北：里仁書局，1985。

44. 《象徵主義》，Charles Chadwick 著、張漢良譯，台北：黎明文化公司，1981，再版。

45. 《結構主義與文學》，周英雄著，台北：東大圖書公司，1983。

46. 《主題學研究論集》，陳鵬翔編，台北：東大圖書公司，1983。

47. 《比較文學研究之新方向》，李達三著，台北：聯經出版公司，1978。

48. 《比較詩學》，葉維廉著，台北：東大圖書公司，1983，

49. 《修辭學論叢》，徐仲玉等著，台北，樂天出版社，1970。

50. 《修辭學》，黃慶萱著，台北：三民書局，1985，五版。

51. 《中國思想與制度論集》，中國思想研究委員會（The Committee on Chinese Thought）編、段昌國等譯，台北：聯經出版公司，1981。

52. 《唐史新論》，李樹侗著，台北：中華書局，1972。

53. 《唐代政制史》，楊樹藩著，台北：正中書局，1969，台二版。

54. 《唐代的后妃與外戚》，羅龍治著，台北：桂冠圖書公司，1978。

55. 《進士科與唐代的文學社會》，羅龍治著，國立台灣大學文史叢刊之三十四，1971。

56. 《貫浪仙交遊考》，徐傳雄著，台北：文史哲出版社，1981。

57. 《人類學導論》，宋光宇著，台北：桂冠圖書公司，1979。

58. 《文化人類學》，林惠祥著，台北：商務印書館，1981，七版。

59. 《當代文化人類學》，基辛（R. Keesing）著、陳其南校訂，于嘉雲、張恭啓合譯，台北：巨流圖書公司，1981。

60. 《結構主義之父》，李區（Edmund Leach）著、黃道琳譯，台北：桂冠圖書公司，1982，再版。

61. 《古史辨》，呂思勉、童書業編著，台北：明倫出版社，1970，台初版。

62. 《中國古代社會史》，李宗侗著，台灣中華文化出版事業委員會，1954。

63. 《中國社會與宗教》，鄭志明著，台北：學生書局。1986。

64. 《歷史專集研究論叢》，陳安仁著，台北：華世出版社，1978，台影印一版。

65. 《中華文化論叢》，鍾敬文等著，上海：古籍出版社，1979。

66. 《兩漢思想史——卷二》，徐復觀著，台北：學生書局，1976。

67. 《古典新義》，聞一多著，台北：九思出版社，1978，台一版。

68. 《中國文化新論——宗教禮俗篇》，台北：聯經出版公司，1981。

69. 《中國青銅時代》，張光直著，台北：聯經出版公司，1983。

70. 《馬王堆漢墓研究》，湖南省博物館于明昭編輯，湖南：人民出版社，1981。

71. 《南陽漢代畫像石刻》，關修山等編，上海：人民美術出版社，1981。

72. 《四川漢代畫像磚與漢代社會》，劉志遠等著，北京：文物出版社，1983。

73. 《常任俠藝術考古論文選集》，常任俠著，北京：文物出版社，1984。

74. 《漢代畫像石》，吳曾德著，台北：丹青圖書公司，1986，台一版。

75. 《圖騰藝術史》，岑家梧著，台北：駱駝出版社，1987。

76. 《美的歷程》，李澤厚著，台北：蒲公英出版社，1984。

（七）

1. 《中國古代民族神話與文化之研究》，邱順法師著，台北：華岡出版公司，1975。

2. 《古神話選釋》，袁珂注釋，台北：長安出版社，1982。

3. 《中國古代神話》，甲編三種，台北：里仁書局，1982。

4. 《中國的神話與傳說》，王孝廉著，台北：聯經出版公司，1977。

5. 《中國神話》，白川靜著、王孝廉譯，台北：長安出版社，1986二版。

6. 《中國神話傳說》，袁珂著，台北：駱駝出版社，1987。

7. 《中國神話（第一集）》，袁珂主編，北京：中國民間文藝出版社，1987。

8. 《神話學 ABC》，謝六逸著，上海：世界書局，ABC 叢書，1929，再版。

9. 《神話論》，林惠祥著，台北：商務印書館，1979，台三版。

10. 《崑崙文化與不死觀念》，杜而未著，台北：學生書局，1985，三版。

11. 《漢鏡所反映的神話傳說與神仙思想》，張金儀著，台北：國立故宮博物院，1981。

12. 《中國神話研究》，譚達先著，台北：木鐸出版社，1983，再版。

13. 《花與花神》，王孝廉著，台北：洪範書店，1984，六版。

14. 《文化結構與神話》，陳其南著，台北：允晨文化公司，1986，三版。

15. 《神話論文集》，袁珂著，台北：漢京文化公司，1987。

16. 《諸神的起源》，何新著，台北：木鐸出版社，1987。

17. 《神與神話》，御手洗勝等著，王孝廉主編，台北：聯經出版公司，1988。

18. 《神話與意義》，李維史陀（Levi-Strauss）著、王維蘭譯，台北：時報出版公司，1983。

19. 《神話與文學》，William Righter 著、何文敬譯，台北：成文出版社，1979。

20. 《神話與小說》，王孝廉著，台北：時報出版公司，1986。

21. 《神話與詩》，聞一多著，台中：藍燈文化公司，1975。

22. 《從比較神話到文學》，陳慧樺等著，台北：東大圖書公司，1977。

23. 《中國神話傳說辭典》，袁珂編著，台北：華世出版社，1987，台一版。

24. 《希臘羅馬神話辭典》，台北：谷風出版社，1986。

25. 《西洋神話全集》，馮作民譯著，台北：谷風出版社，1986。

26. 《薛西弗斯的神話》，卡謬（A. Camus）著、張漢良譯，台北：志文

出版社，1986，再版。

27. 《論人》，卡西勒（Ernst Cassirer）著、劉述先譯，台中：東海大學，1970，再版。

28. 《國家的神話》，卡西勒（Ernst Cassirer）著、黃漢清、陳衞平譯，台北：成均出版社，1983。

29. 《巫術、科學與宗教》，馬凌諾斯基（Bronislaw Malinowski）著、朱岑樓譯，台北：協志工業叢書出版公司，1984，再版。

30. 《人類及其象徵》，容格（Carl G. Jung）著，黃奇銘譯，台北：志文出版社，1986，再版。

（八）

1. 〈有關馬家窰文化的一些問題〉，石興邦，《考古》，1962 年 6 月。

2. 〈甘肅彩陶的源流〉，嚴文明，《文物》，1978 年 10 月。

3. 〈曾侯乙墓中漆箧上日月和伏羲女媧圖像試釋〉，郭德維，《江漢考古》，1981 年第一期。

4. 〈論滿族水神及洪水神話〉，汪玢玲，《民間文學論壇》，1986 年第四期。

5. 〈崑崙丘與西王母〉，凌純聲，《民族學研究所集刊》第二十二期，1966 年秋季。

6. 〈關於相同神話解釋的學説〉，Charles Mills Gayley 著、楊成志譯，《中山大學民間文藝》第三期，1928 年 1 月。

7. 〈神話文體辨正〉，陶思炎，《華南師範大學學報》，1983 年三月。

8. 〈神話及其續存〉，Lauis Dupr'e 著、傅佩榮譯，《中文外學》十三卷十一期，1985 年 4 月。

9. 〈論神話的想像〉，秦家華，《思想戰線》，1987 年第二期。

10. 〈神話中的變形——希臘及布農神話比較〉，鄭恒雄，《中外文學》三卷六期，1974 年 11 月。

11. 〈變形考辨〉，彭兆榮，《民間文學論壇》，1986 年第五期。

12. 〈不死的探求——從變化神話到神仙變化傳説〉，李豐楙，《中外文學》十五卷二期，1986 年 7 月。

13. 〈兔子——智慧的原型〉，李豐楙，《國文天地》第二十一期，1987 年 2 月。

14. 〈自月意象的嬗變論義山詩的月世界〉，陳器文，《中外文學》五卷二期，1976 年 7 月。

15. 〈月亮神話在李商隱詩中的迴響〉，溫莉芳，《台灣教育》第三八五期，1983 年 1 月。

16. 〈嫦娥奔月的象徵意義〉，沈謙，《中外文學》十五卷三期，1986 年 8 月。

17. 〈論唐詩的語法、用字與意象〉，梅祖麟、高友工原著、黃宣範譯，《中外文學》一卷十、十一、十二期，1973 年 3、4、5 月。

18. 〈唐詩的語意研究：隱喻與典故〉，梅祖麟、高友工原著、黃宣範譯，《中外文學》四卷七、八、九期，1975 年十二月、76 年 1、2 月。

19. 〈賦比興的語言結構——兼論早期樂府以鳥起興之象徵意義〉，周英雄，《香港中文大學中國文化研究所學報》十卷二期，1979 年下。

20. 〈文學研究的理論基礎〉，高友工，《中外文學》七卷七期，1978 年 12 月。

21. 〈文學研究的美學問題——美感經驗的定義與結構〉，高友工，《中外文學》七卷十一、十二期，1979 年 4、5 月。

22. 〈詩歌鑑賞中的評價問題〉，龔鵬程，《中外文學》十卷七期，1981 年 12 月。

23. 〈論象徵批評與司空詩品的批評方法〉，吳彩娥，《幼獅學誌》十七卷二期，1982 年 10 月。

24. 〈隱喻及換喻〉，簡政珍，《中外文學》十二卷二期，1983 年 7 月。

25. 〈推移的悲哀——古詩十九首的主題〉，吉川幸次郎著、鄭清茂譯，《中外文學》六卷四、五期，1977 年九、十月。

26. 〈李商隱之詩及其風節〉，曾克耑，《文學世界》第二十五期，1958 年秋季。

27. 〈試闡李商隱的四首絕句〉，陳祖文，《中外文學》六卷十二期，1978 年 5 月。

## （九）

| 人　　　名 | 書　　　名 |
|---|---|
| 1. Northrop Frye | Analysis of Criticism：Four Essays<br>New York, Atheneum, 1966 |
| 2. Carl G.Jung and C.Kerenyi | Essays on A Science of Mythology<br>Translated by R.F.C. Hull Published by Princeton Univer-sity Press, Princeton N.J. Third Printing,1973 |

3. Mircea Eliade

Myth and Reality
Translated from the French by Willard R. Trask, Harper colophon Books, New York, Hagerstown, San Francisco, London First published 1975

4. 今里浩美

唐詩に於ける月と神話
日本西南大學學士論文 1984